わたしが行ったさびしい町　目次

わたしが行ったさびしい町

ナイアガラ・フォールズ

これは昔話である。かつてわたしが通り過ぎたり、仮の宿にほんの一泊か二泊したりしたさびしい町のあれこれについて書いていこうというわけだ。他人にとってはあまり意味を持たない、益体もない思い出話をだらだらと垂れ流してゆくことになるのではという危惧もないではない。

昔話だとあらかじめ念を押したのは、旅の事情の詳細や日時の記憶などがもう歳月のかなたに朦朧と霞んでいて、過誤や錯覚が紛れこんでいるかもしれない、というか紛れこんでいるに違いない、そうなってもどうかご容赦を、と先回りして弁解しておこうという心積もりからでもある。しかし、考えてみると、ナイアガラ・フォールズへ行ったのがいつだったかは比較的はっきりとわかっているのだった。

それは一九八九年の十二月下旬、アイオワ・シティから出発してニューヨークへ至るドライブ旅行の途中のことだった。ニューヨークに着いて友だちの家に転がりこんだのは、たしかクリスマスの直前あたりで、新年を迎えたのがニューヨークでだったのにははっきりした記憶がある。「正月」という概念はアメリカ人にはあまり馴染みがなかろうが、わたしたちにとっては正月はやはり正月で、そんな思いのせいかその年初の厳寒のニューヨークの風景は、晴天の平穏な明るさや、束の間時間が止まったような安らぎをまとって、わたしの記憶の中に残っている。

それに対して、ときに吹雪に見舞われたりしながらのニューヨークまでの数日の行程の思い出は、何やら忙しない暗さの中に沈みこんでいる。その最たるものがナイアガラ・フォールズで過ごした数時間だった。

I—90、つまりインターステート（州間高速道路）90号線に乗って、シカゴ、クリーブランドを過ぎ、エリー湖岸に沿って北東に進んで、湖端にあるバッファローまで辿り着いたのだ。アイオワ州から、イリノイ州、インディアナ州、オハイオ州を抜け、ペンシルヴァニア州をかすめ、はるばるやって来て、バッファローはもうニューヨーク州である。このままさらに進めばロチェスター、シラキュース、オールバニーへ向かうことになるが、せっかくここまで来たのだから、ついでのことに世にも名高いナイアガラの滝というやつを見物していこうという話になった。ニューヨーク州に入ったことで、少し気持ちにゆとりが出てきていたのかもしれない。そこでバッファローでI—90を下り、北上する道をとった。ナイアガラ・フォールズの町までは地図で見るとほんの三十キロ弱である。

ナイアガラの滝はアメリカ人にとってはハネムーンの行き先の定番で、エリー湖からオンタリオ湖へ流れるナイアガラ川にある。当時わたしたち夫婦が知っていたのはその程度のことでしかなかった。それがアメリカ滝、ブライダルベール滝、カナダ滝の三瀑布から成り立っているとか、国境になっている橋を渡ればカナダ側からも眺められるとか、滝壺の寸前まで行って見物させてくれるクルーズ船があるとか、エレベーターで降りてブライダルベール滝を真下から眺める「風の洞窟ツアー」があるとか、カナダ側からは一年を通してレインボー色にライトアップされた光景が楽しめるとか――つい今しがたネットで検索して掻き集めてきたそんな情報の数々は、当時は何一つ知らなかったはずだ。

あのときは何しろ行き当たりばったりの旅で、アメリカ合衆国の全体のマップ以外にはニューヨークの観光ガイドくらいしか持っていなかったのではないか。わたしと家内と交替で古びたフォード・マスタングをひたすら運転し、日が暮れて疲れてくると適当なホテルかモーテルを見つけて投宿する。そんなことの繰り返しだった。

そのホテルやモーテルに、今ならば Wi-Fi が飛んでいて、タブレット型パソコンをインターネットに繋げば、知りたいことは何でもおおよそわかるようになっているだろうが、ここで語っているドライブ旅行は、やがてインターネット元年と呼ばれるようになる一九九五年より五年も前に遡る話である。当時すでに情報化時代とやらが喋々(ちょうちょう)されるようになってはいたものの、情報の洪水だのメディアの権力だのと言ってもまだまだ甘っちょろいものだった。

そういうわけで、ともかくナイアガラの滝を見てやろう、ナイアガラ・フォールズの町まで行けば何とかなるだろうと、そんな程度の漠とした想念に導かれ、わたしたちは車を走らせていったのだ。ところが、遅い昼食をとるのに手間取ったのだったか、何かの事情で予想外に時間を喰い、ようやくナイアガラ・フォールズに入ったときには、もう日の暮れ方が近づいていた。

あたりいちめん雪に覆われたさびしい町だった。雪はもう止んでいたか、せいぜい雪片がちらほら舞っている程度だったと思う。人も車もまばらな往来しかなく、どこもかしこも閑散としている。何しろ新婚旅行のメッカ――これも今しがたウィキペディアから仕入れた知識だが、南北戦争後にニューヨーク・セントラル鉄道がそうした謳い文句でこの地を宣伝してきたのだという――だというから、きっとまあ熱海みたいなもので、観光客で賑わっているだろうという先入見は完全に外れた。

豪華なのから安っぽいのまで、ホテルやモーテルが道路沿いにやたらにひしめいていることから、観光収入で成り立っている町なのは間違いないとすぐにわかる。ところがそのどれもこれもに「空き室あり（VACANCY）」のネオンサインが出ていて、閑古鳥が鳴いていることを露わにしている。シーズンの盛りならそれらがみな満室となり、そこに泊まっている観光客が街路にわさわさ溢れ出して、眩しい陽光を浴びながらのんびり散歩しているだろうと想像されるだけに、厳冬期のこのほとんど無人のような閑散ぶりがいっそうさびしく身に沁みてくる。

それでもともかく滝を見なければならない。「滝はこちら」というたぐいの標識を頼りに車を走らせてゆくと、観光案内所があり、パーキングに車を停めてそこに立ち寄ったような記憶がある。案内所はけっこう立派な建物で、入ってゆくとむなしいまでに煌々と明るく照明された、天井の高い空間がそこに広がっていて、しかし客も従業員も誰一人おらず、案内の窓口が無情に鎖されていたような気がするけれど、あるいはそれは偽の記憶で、ただ建物じたいの入り口にシャッターが下りていただけだったか。

そのパーキングからは林の間に小道が続いており、矢印に従って、わたしたちは雪をざくざく踏みながら歩いていった。するとゲートがあって、鎖が張り渡され、CLOSED という掲示が出ている。

がっくりと気落ちしたが、待て待てとわたしは思い直した。滝というものは、美術館に収められた陳列品でもなく遊園地のアトラクションでもなく、たんに自然の景観にすぎない。自然の景観を眺めるのに誰の許可を得る必要もあるまい。オープンだのクローズドだのと当局が決めることじたいがおかしな話ではないか。何かに挑むような気持ちでそう考え、心を決めるや、わたしは家内に合図して鎖を跨ぎ、その道のさらに奥へと進んでいった。わたしに比べれば多少は常識も分別も持ち合わせている家内は首をかしげていたが、結局は後についてきた。観光事情を尋ねようにも、あたりには人影がまったくない。それはしかし、CLOSED のゲートを勝手に乗り越えても誰からも見咎められないということでもある。

そこからの道はもうアスファルト舗装ではなく土が剝き出しになった泥道だった。たぶんそうだったのだろうと思う。どうだかよくわからないのは、最初のうちはせいぜい二十センチほどだった雪が、小道を進むにつれてだんだん深くなり、三十センチ、四十センチにもなって、しまいにはずっぽり、ずっぽりと足を引き抜きながらの難儀な行軍になってくるほどだったからだ。川に近づくほどに、吹きつけてくる川風によって雪が深々と吹き溜まっていったのだろうか。

やがてあたりの草木の繁りがいよいよ密になって、もう道を歩いているのかたんに林の中をさまよっているだけなのかさえ定かでなくなってきた。迷子になってしまったのだろうか。人里離れた山中ではないのだからまさかとは思うが、遭難という大袈裟な言葉さえふと頭をよぎる。わたしたちが CLOSED のゲートの向こうに入っていったのを目撃していた人は誰もいなかったということが、不安な思いとともに改めて想起される。

しかし、轟々という流れの音はたしかに聞こえてくるようだ。それを頼りにわたしたちは道なき道をさらに進んでいった。冬の日が落ちるのは早く、どんどん夕闇が深くなってくる。川は、そして滝は、どこにある。ひょっとして、もうそのすぐきわまで来ているのだろうか。「ナイアガラ川で日本人夫婦の溺死体発見される……大雪のため接近を制限されていた川岸一帯に無断で入りこみ、足を滑らせて崖から転落した模様……事故推定時刻のナイアガラ川の水温は零度に近く……」云々？　まさかとは思うけれど……。

革靴には水が滲み透ってもうソックスまでぐしょ濡れになり、足指が凍えきって無感覚になっている。足がいったん雪に嵌まりこむとなかなか抜けなくなり、息が切れ、もうこれ以上は進めないと音をあげかけたあたりで、とうとう林を抜けて視界が開けるところに出た。そこから見下ろすと川が見えた。

実際上もうほとんど夜になっていたが、空気の中にはまだ夕日の残照が揺曳していて、その仄明かりでもって辛うじて川面は見分けられた。そこも真っ白で氷が張った上に雪が積もっているようだった。しかし、滝は見えなかったのである。途方もなく雄大な眺めだというから、川岸に出さえすれば滝は簡単に目に入るものとわたしは思いこんでいた。そもそも、道から多少逸れたかもしれないにせよ、「滝はこちら」という矢印に従って進んできたのである。なのに、写真を通じて、またヘンリー・ハサウェイ監督、マリリン・モンローとジョゼフ・コットン主演の映画『ナイアガラ』(サスペンス映画ともメロドラマともつかない妙にもたもたした暗い物語で、わたしはあまり好きではなかったが)を通じて見知っている大瀑布は、この視界にない。

その代わりに、視界の左の方に何か白いものが大きく盛り上がっているのが見える。雪と氷の巨大な塊が白々とした沈んだ輝きを放っている。滝は凍りついていたのである。

ナイアガラの滝は、部分的に凍っても全面凍結することは滅多になく、川の流れが止まることはないということは後で知った。岸壁に氷柱がびっしりと連なり、氷のかけらが次から次へと滑り落ちてくる冬のナイアガラの滝も、なかなかの見ものである、などと書いている人もいた。が、ともかくそのときはわたしたちの見るかぎり、水も氷もまったく流れ落ちていなかった。暗くて見分けられなかっただけだろうか。それともやはりわたしたちが出たヴュー・ポイントが悪かった、というか間違っていたせいだろうか。

しばし茫然と立ち尽くした後、わたしたちは結局、自分たちの足跡を辿りつつすごすごとパーキングに戻るほかなかった。わたしたちは何かの違反を犯したのかもしれないが、もう三十年近く前の話だから、時効ということにさせてもらおう。それよりむしろ、ひょっとしたらあれはひどく危険な行動だったのかもしれないと、今さらながら背筋が冷たくなる。パーキングまで無事に帰り着けただけでもめっけものだったかもしれない。何しろわたしも家内も若く、まだ怖いもの知らずだった。

躯（からだ）の芯から凍えきってがたがた震えながら戻っていったその道すがら、これじゃあ、丸っきり『ストレンジャー・ザン・パラダイス』だよね、と言い合って苦笑する余裕があったのも、しかしその若さのゆえだろう。ジム・ジャームッシュの長篇映画としては監督第二作に当たるあの傑作の中に、男二人に女一人の噛み合わない三人組が、雪に鎖された湖岸で手持無沙汰な一刻を過ごす一シーンがある。せっかくクリーブランドくんだりまで来たのだからと、エリー湖を見物に行くものの、雪嵐が吹き荒れて世界はいちめん白一色に塗り潰され、湖の光景などどちらりとも見えず、ちぐはぐな気持ちの三人は、ちぐはぐな視線をすれ違わせつつ、ちぐはぐな時間を過ごす。実際、このシーンの舞台となったクリーブランドのエリー湖畔は、ナイアガラ・フォールズから地理的にそう遠く隔たってはいない。

ナイアガラ・フォールズのVACANCYの看板が出ているあまたのホテルの一つにそのまま投宿していれば、翌朝また滝の見物に出かけていたはずだ。それでナイアガラの滝に関して何かしらもう少しまともな体験ができていたはずなのに、そうした記憶がまったくないのだから、恐らくすっかり意気阻喪したわたしたちはその夕刻のうちに車をUターンさせ、バッファローの方へ戻っていったのに違いない。転がりこむ予定になっていた友だちの都合か何かで、たぶんニューヨークへ着かなければならない時日が迫っていて、気が急いていたのかもしれない。あるいはナイアガラ・フォールズの町並みがあまりにさびしくて、そこに一泊する気になれなかったのかもしれない。

それで、ナイアガラ・フォールズというさびしい町に立ち寄ったという思い出だけが残った。その思い出を、今でもときどき記憶の底から掘り起こしてきて愛しむことがある。まことに得難い、貴重な体験だったとここで断言するのは、決して負け惜しみからではない。

咄嗟の思いつきでついうかうかと行ってしまったあの季節外れの観光地で、わたしたちが身に沁みて味わわされたさびしさとは、先にちょっと触れた情報の乏しさということと無関係でないのかもしれないとふと思う。情報化時代の到来は、さびしい旅をすることを困難にしつつあるのだろうか。しかし、最高の旅とはさびしい旅にほかなるまい。そうではないだろうか。

ところで、カナダのトロント大学にポール・ブーイサックという友だちの記号学者がいたので、わたしはトロントへは、遊びに行ったり会議に呼ばれたり、公私それぞれの目的の旅行で何と四回も行ったことがあるのだ。トロントはカナダの英語圏に属するが、フランス語もかなりの程度通用するし、まことに面白い、また美しい都市である。そしてここは実は、カナダ側のナイアガラ瀑布観光の起点となる町なのである。トロントから一時間半ほども車を走らせれば、カナダ側にもアメリカ側と同じナイアガラ・フォールズという名前の町があってそこへ簡単に行き着ける。

今では退官して名誉教授になっているそのポールの主宰で、ジャン・コクトーをめぐる大きなシンポジウムが開かれたとき、わたしもパネリストとして招待されて出かけてゆき、「コクトーとゴダール」という胡乱な題目の発表をしたことがある。シンポジウム終了後の休日に、公的行事から解放されて浮かれ気分になったフランス人の研究者たちは、ナイアガラの滝を見にいそいそと出かけていったものだ。誘われたが、わたしはどうも行く気にはなれずに断った。かつてのあのアメリカ側のさびしい町をめぐる思い出に、不用意な混濁が生じるのが嫌だったのかもしれない。

代わりに、シンポの手伝いをしていた親切な大学院生たちの案内で、ポルトガル・ヴィレッジやリトル・インディアといったエスニック・タウンを見物に行き、ご飯を食べたりしていたのだった。「多文化共生」がしゃちほこ張った理念でも大義でもなく、ごく自然な良識として人々に共有されているトロントには、気持ちの良いおっとりした寛容の空気が流れている。

そういうわけでわたしは今に至るまで、雷鳴のような轟きとともに大量の水を一気に落とし、滝壺から濛々たる水煙が立ちのぼっているナイアガラ瀑布の圧倒的な壮観とやらは、ついに写真と映画でしか知らないままである。わたしが知っているのは、何が何だかよくわからぬまま見たような見なかったような、どうやら凍りついて碌に水も流れていなかったらしいナイアガラの滝である。そして、人影がほとんどないもの哀しいナイアガラ・フォールズの町である。間抜けと言えば間抜けな話で、わたしたちはただ、拍子抜けしたさびしい気持ちになって帰ってきただけだ。しかし、そのさびしさはわたしの記憶の深いところに沈みこみ、そこでしんとした冷たい輝きを放っている。

　これから毎月、わたしが行ったさびしい町について書いていこうと思うが、それはわたしがさびしい町が好きだからである。ただし、さびしさとはまったく無縁な町でわたしが非常に好きな町もまた当然いくつもあり、さしずめトロントなどはその筆頭ということになろうか。

ペスカーラ

旅はラヴェンナから始まった。いやむしろ、その前から続いていたもっと長い旅の、最後の数日がそこから始まったと言うべきか。主目的が何かあってフランスかイタリアへ行った、その行程の途次、当面の用件は終えたもののすぐ帰国する必要はなかったので、空いた数日をまったく無目的に、どこかイタリアの町で過ごしてみようと思い立ったのだと思う。その主目的というのはヴェネツィア国際映画祭の見物だったような気がするが、定かではない。もしそうだとすればあの映画祭は八月末から九月上旬にかけて開催されるから、ラヴェンナからペスカーラまでのあの旅も夏の盛りの時期に当たっていたことになるけれど、炎熱下に汗をだらだら流しながら町を歩き回ったという記憶はない。いや、そもそも季節に関する記憶がまったく脱落していて、どんな陽射しを顔に浴び、どんな肌合いの風を受けながら歩いていたのかも思い出せない。

いきなりラヴェンナにいた。何かそんな気がしてならない。わたしは何はともあれガッラ・プラキディア廟のモザイク画をもう一度見てみたかった。ラヴェンナにははるか大昔、二十代の初め頃に一度だけ行ったことがあり、様々な絵柄の彩り豊かなモザイク画がいたるところにあるこの町がすっかり気に入ったものだ。イタリアにかぎらずヨーロッパの町を旅行していると、名所旧蹟の建築や装飾、ミュージアムに陳列された絵画や彫刻、どれをとってもことごとくキリスト教のモチーフ一辺倒なので、しまいには何か息苦しくなってくる。その点、ラヴェンナのモザイク画には異教ふうの、というよりむしろ畏れ多そうな宗教性じたいが脱色されたごく世俗的な動植物の絵柄などが多く、可愛らしくまた面白い。フレスコでもテンペラでも油絵でもないモザイクという基底材がまた、一種素朴でのどかな童話性を漂わせていて心をなごませてくれる。イタリアの諸都市をずっと回遊してラヴェンナまで来て、頭のうえにのしかかっていた新旧聖書の宿命論的世界観の重圧が、不意にかき消えたような解放感があったものだ。

その最初のラヴェンナ滞在のとき、ガッラ・プラキディア廟のモザイク装飾の美しさにはとりわけ深い感銘を受け、その後二十年、三十年と歳月が流れるなかで、あれはいったい何だったんだろうとときたま自問することがあった。何と美しいとため息をついた、そんな記憶が後々まで残っても、それはそのときの自分の心の持ちよう、身体のコンディション、その他もろもろが作り出した錯覚でしかないということもありうる。錯覚か真実かを確かめるにはもう一度見にゆくしかなくて、しかしそれでやはりそうだったなと再認して自分なりに納得するにせよ、何だこんな程度のものだったのかと幻滅するにせよ、それもまた新たな錯覚、更新された錯覚かもしれない。対象がモザイク画でなく風景であろうと人間であろうと、そうした機微があるのは同じである。ただしそんなことを言うなら人生行路の途上の体験は結局、ことごとく錯覚ということになってしまう。

そういうわけで、ラヴェンナ駅に降り立ったわたしは、安ホテルに投宿するや、ともかくガッラ・プラキディア廟を見に行った。これはサン・ヴィターレ教会の敷地内にある、丸天井を飾るモザイク画で名高い簡素な煉瓦造りの小さな廟堂だ。内部へ入ると一瞬、視界が真っ暗になってしまうが、そのままじっと待つうちに、やがてアラバスターの小窓越しに射してくる仄かな光に目が慣れはじめる。と、深々とした紺青色の夜空とそこにちりばめられたあまたの星々が、いつの間にか頭上に浮かび上がっているのに不意に気づいて驚くことになる。教会建築のドーム形天井の意味で「穹窿（きゅうりゅう）」という言葉が使われることがあり、それは天空を意味する言葉でもあるが、ここではまさにこの小さな廟堂の天蓋が、星々に照らされた天空そのものと化してしまう。それはやはり息を呑むほど美しかった。

それから美術館に回ってたくさんの魅力的なモザイク画を堪能すると、もうラヴェンナですることは何もなかった。

さあ、明日以降はどうする。何をしてもよかった。が、そのときわたしはこのままアドリア海沿岸を下って、ペーザロ、アンコーナを経てペスカーラまで行こうと思い立った。これらはどれもまだ一度も行ったことのない町である。……そうだった、ラヴェンナでそう思い立ったのだ、という記憶が甦ってくるとともに、あのときわたしはやはり、ヴェネツィアからラヴェンナへ回ったのに違いないという思いが今だんだん強くなってきている。ヴェネツィアからラヴェンナまではアドリア海に沿ってほぼ真南に南下することになる。その経路を鉄道でくだり、ラヴェンナにいったん降りて一泊し、翌日以降その路線の続きを行こう。そう考えたのではないだろうか。家内のお伴という感じで行かせてもらったあのときのヴェネツィア映画祭では結構な数の映画を見たが、覚えているのはアレクサンドル・ソクーロフが島尾敏雄の妻ミホにキャメラを向けたドキュメンタリーふうの劇映画『ドルチェ　優しく』だけだ(もったいをつけてはいるがさして良い映画とはわたしは思わなかった)。実際、映画祭の後すぐさま帰国しなければならなかった家内とはそこで別れ、その後安気な一人旅を続ける余裕があったのだから、してみるとやはりあれは、授業のない夏季休暇中の出来事だったのだろうか。

「ペスカーラまで」行こうと思い立った——と書いたが、それにははっきりした理由があった。わたしはペスカーラにはぜひとも行ってみたいと思っていた。というのも、その名前に魅せられていたからである。イタリア語ではペシェ pesce は魚、ペスカトーレ pescatore は漁師である。トマトソース味のスパゲッティ・ペスカトーレ(という名が日本では定着しているが、スパゲッティ・アッラ・ペスカトーラが正しい)は、市場に出さない雑魚や貝を煮込んだ漁師ふうスパゲッティということになる。ならば、ペスカーラは要するに「魚の町」であろう、と当時のわたしはそそっかしく結論したものだ。しかし、本当にそうなのか。

たいへん遅ればせながら今になって少しばかり調べてみたところでは、この町はローマ時代にはアテルヌムと呼ばれており、やがてピスカリウス Piscarius 川から名前をとってペスカーラと呼ばれることになったという。そして、ピスカリウス川はその河口付近に魚（ラテン語でピスキス piscis）が豊富だったところから付けられた名前のようなので、かつてのわたしの「ペスカーラ＝魚の町」という思いこみは、結局はそう的外れではなかったことになる。

とはいえ、そこから出発して、魚にちなんだ名を持つ町なのだから、魚料理が旨いのはもとより、魚の絵柄のタイルが道に敷きつめられているのではないか、町の紋章にも街灯のデザインにも魚が使われているのではないか、由緒正しい水族館があって町の名物になっているのではないか、等々、漠とした思いが、列車に乗って南をめざしたわたしの心に広がったのは、とりとめもない夢想、というよりもむしろ妄想でしかなかった。町中に魚のイメージが溢れているのではないか、たとえば魚をモチーフにしたモザイク画がいたるところに飾られているのではないかといった想念まで膨らむに至っては、ラヴェンナのモザイク画を満喫した半日がもたらした興奮の余韻が後を引いていたからとしか思えない。ちなみに、わたしはうお座の生まれである。

ジャン＝ポール・サルトルは、いささか冗漫だがその冗漫さじたいが魅力の一つになってもいるあの美しい長篇エッセイ『文学とは何か？』で、ある単語とそれが表わす事物との間に有機的な、のっぴきならない結びつきを感得するという言語体験が、文学創造の基盤をなすと述べている。この本の冒頭近くで、「単語とそれが意味する物のあいだには、魔術的相似と意味作用の、相互的な二重関係が確立される」と彼は言い、その例として「フローランス」（イタリアの都市フィレンツェをフランス語ではこう呼ぶ）の例を挙げている。

サルトルは言う――「フローランスは町、花（フルール）、女（ファム）である、それは同時に町＝花であり、町＝女であり、少女（フィーユ）＝花である。そして、かくして出現するこの奇妙なオブジェは、川（フルーヴ）の流動性、黄金（オール）の優しい褐色（フォーヴ）の熱を所有し、つまるところは品位（デサンス）をもって身を委ね、さらに、まだまだ余力に満ちたその開花を、無音のｅの連続的弱化によってきりもなく引き延ばしてゆく」。最後の「無音のｅ」とは、Florenceという単語の綴りの末尾のｅが発音されない母音字であることを言っている。

すっかり黄ばんでしまった〈イデー〉叢書版の『文学とは何か？』を、三十数年ぶりに書棚から引っ張り出してきて、少しばかり読み返したうえで要所を訳出してみた。「褐色の熱」と訳してみたardeur fauveは「動物的な熱気」かもしれず、よくわからない。小難しいようだが、言っていることは比較的単純だ。女性の名前にもなりうる「フローランス」、そのFlo-ren-ceという音の響きが、他の様々な言葉とのあいだで共鳴し合い、それによって豊かに膨らんだ意味作用が、「フィレンツェの町」という対象じたいのなかに還流してゆく。そこに言語と現実とが溶け合った「奇妙なオブジェ」が出現し、それこそが文学を成り立たせていると言っているだけのことである。恐らくサルトルは、プルーストが「パルマ」という地名の魅惑を語っている『失われた時を求めて』中のあの名高い箇所を思い起こしつつこれを書いたのだろう。ラヴェンナを発った列車の座席で、窓外にときどきちらちら見えるアドリア海の輝きに仄かな昂揚を感じつつ、ペスカーラ、ペスカーラと繰り返し呟いていたわたしの心に、『文学とは何か？』のこの一節が影を落としていたのだろうか。イタリア繋がりだから、それも大いにありうることだ。

それにしても、Pescara に含まれる連続した二つの母音 a の響きがたたえている、途方もない明るさと解放感はどうだろう。そこには眩い陽光がきらめき、抜けるような晴天の空が広がっている。a という母音には、イタリアという国それじたいの明るさと解放感そのものが漲っていはしまいか。今改めてそう考えながら、わたしはまたしてもつい、ローマ、Roma! と心の中で呟いている。この母音 a にも何とも晴れ晴れとした明るい響きがある。ローマにはほんの数日以上滞在したことが一度もない。そう歳をとりすぎないうちに、何週間かローマで過ごしてみるという幸運に何とかして恵まれないものか。

さて、そのときの旅に話を戻せば、ペーザロ、アンコーナについてはとくに書くことはない。そもそもほとんど覚えていない。かなり鮮明な記憶が残っているのは、夕闇がどんどん深まってゆくなか、アンコーナのサン・チリアーコ大聖堂へと続くくねくねした細い坂をとぼとぼと登っていった途上の、徒労感を伴った心細い思いだけだ。それは海へ突き出した岬へ向かって、市街からずいぶん歩かなければならないところにあるカテドラルで、ようやく辿り着いてみると、他にあまり見かけたことのない十字形の外観をしたロマネスク建築は、しかし非常に美しく、げんなりするほど歩いてきた甲斐はあったと自分を慰めたものである。恐る恐る扉を押して入ってみると、薄暗い内部にはまったく人影がなく、少しばかり荒涼の気が漂っていたような気がするが、しかしこれは偽の記憶かもしれない。せっかくやって来たのにもう定刻を過ぎていて、扉は施錠されて押しても引いてもびくともせず、がっかりしたというもう一つの記憶もある。

さて、それでいよいよペスカーラの話になるが、これも実のところ書くことはほとんどないのだ。そもそもミシュランの観光ガイド（緑色のやつである）にも、ラヴェンナは三つ星付きで、アンコーナは一つ星付きで、ペーザロは星無しながらも一応載っているが、ペスカーラはその名を冠した項目じたいが存在しない。観光客を惹きつける名所も旧蹟もないからだろう。とりたてて古趣だの雅趣だのがあるわけでもない、それはたんに、ふつうの町だった。わたしが愚かしく夢見たような、町中を埋め尽くす魚の絵柄のモザイク画だのタイル舗石だのがなかったのは言うまでもない。

わたしは何となく肩すかしを喰ったような気分で、地元の人々がふつうに生活しているふつうの町をふつうに歩き、腹が減ったので海岸沿いのレストランに入って遅い昼食をとった。鮮明に覚えているのはその昼食のときの光景である。

今グーグル・マップでペスカーラの地理を見てみると、海岸沿いにヴィアーレ・プリモ・ヴェーレという通りが真っ直ぐに伸びていて、そこに少しずつ間隔を置いて何軒かのレストランが並んでいる。たぶんそのうちのどれか一つに入ったのだろうと思う。真っ直ぐにどこまでも続く大通りを歩くのに倦んでいたせいか、ペスカーラがあまりにふつうで特色がないことにそこはかとない失望感を味わっていたせいか、それともたんに空腹を抑えきれなくなったせいか、高級というほどでもないけれど多少贅沢な感じのレストランに——一人旅のときわたしは滅多にそんなことはしないのだが——ふらりと入ってしまったのだ。

　時刻が遅かったからだろう、広い店内は閑散としていて、退屈していたらしいボーイが懇切に給仕してくれた。わたしは海岸に面した窓際の席に案内され、広々とした海景を前に、よく冷えた白ワインを飲みつつゆっくりと時間をかけて昼食をとった。食べたのはもちろん魚料理である。何の魚だったか、どんなふうに調理されていたかはまったく覚えていないが、ともかくそれは非常に美味だった。

　窓の外からすぐ砂浜が広がり、それが尽きるところに波が打ち寄せていた。それはかなり荒々しい波で、波がしらが白く砕けるときのごおっという轟きが窓ガラスを透して聞こえていた。水は意外に汚い。白い泡がはじけた後には砂泥を巻きこんだ茶色の水が残って、それが激しい勢いで打ち寄せてくる。当然、海水浴をする者など一人もおらず、そもそも砂浜じたいにほとんどひと気がない。ただ、浜にぺたりと尻をつき小さなシャベルで砂を掘ったり埋めたりして遊んでいる、四、五歳と見える女の子の姿が見えた。あんないとけない子どもが一人ぼっちで大丈夫なんだろうか、迷子なんじゃないだろうか、とわたしは少し不安な気持ちになってそのさまを眺めていた。よく晴れた日だった。

　そのうちに首輪も引き綱も付けていない大きな黒犬が駆け寄ってきて、女の子の顔に鼻先を寄せた。噛まれないだろうかと一瞬わたしはひやりとしたが、女の子が手を伸ばして犬の頭を撫でると、たぶん女の子の二倍ほどの体重がありそうなその犬は、おとなしく座りこみ、やがて伏せの姿勢になった。当時のわたしは犬を飼っておらず、犬種には興味も知識もなかったが、たぶんあれはラブラドル・レトリーバーだったのだと思う。

女の子は赤い服を着て、赤いフードを頭に被っていた。たぶんこれはヴェネツィア映画祭が終わったあたりの出来事だったのではないかという推測を先ほど書きつけたが、フードをすっぽり被って、海からびゅうびゅう吹きつけてくる冷たい風から顔を守っているかのような女の子の寒々しい姿を、今改めて記憶の底から甦らせてみると、盛夏の季節感とは少々かけ違っているような印象がある。そう考え出すと、あの日の海岸には、やや黄ばんで疲れた秋の陽射しがあたりいちめん漲っていたような気もしてくるのだ。平日だったのだろうが、九月初めなら海岸にもう少し行楽客がちらほらいてもよかったのではないか。あのあたりの土地は九月に入るともうシーズンオフになってしまうのだろうか。もうすでにあんな秋めいた風情の日々が始まってしまうのだろうか。

そのあいだも茶色の波が荒々しく打ち寄せてきて、耳を聾するというほどではないけれど、少し怖くなるような激しい轟きを単調に繰り返している。人間には馴致しようのない、野生の自然がなまなましく剝き出しになっているようだった。これがアドリア海か、とわたしは思った。

いくばくか時間が経って、またふと視線を向けると、どこからともなく現われた大人の女性が女の子の傍らに立っていて、女の子の手を取って引き起こそうとしているところだった。黒犬の首にはいつの間にか首輪が嵌められていて、大人の女性はその引き綱も握っていた。

犬もすでに立ち上がって、女性を見上げながら嬉しそうに尻尾をぶんぶん振っていた。わたしはさびしかった。

ペスカーラという地名からわたしが紡いでいた夢想があえなく潰えてしまった以上、もうわたしがペスカーラにいる理由は何一つなくなっていた。しかし、そこにいる理由などないままただそこへ行く、ただそこにいる、そしてさびしいと思いながらただ歩いて、風景や人々を見て、旨い魚を食べる――旅とは結局、そうしたものではないだろうか。観光名所を勤勉に経巡(へめぐ)る旅より、よほど旅らしい旅なのではないだろうか。

ペスカーラで一泊したはずだが、どんなホテルに泊まったか、どこで夕飯を食べたか(あるいは遅い昼食が重かったので夕食はとらなかったのか)といったことは記憶からすっぽり抜け落ちている。翌日、ペスカーラからどこへ向かったのか、どういうふうに鉄道と飛行機を乗り継いで日本へ帰ってきたかもまったく覚えていない。ともかくペスカーラがその旅の終着点だった。それはさびしい町だった。それともわたしがさびしかっただけだろうか。しかし、わたしの記憶の中ではやはりペスカーラはさびしい町である。またペスカーラへ行ってみたい。

イポー

マレーシアのイポーもまた通りすがりに一泊しただけの町である。ただ、前回のペスカーラのように滞在前後の事情をめぐって記憶が飛んでしまっているということはない。香港からバンコクへ飛び、そこから町と町とを結ぶ長距離バスを乗り継いでマレー半島を南下し、国境を越えてマレーシアに入ってイポーに至ったこと、そこからさらにバス旅行を続け、クアラルンプール、マラッカ、バトゥ・パハを経てジョホール・バルまで辿り着いたこと、そこからジョホール水道に架かる長い橋を歩いて渡って国境を越えシンガポールへ入り、チャンギ空港から飛行機に乗って帰国したこと、等々、日記もノートもつける習慣がないのでもちろん細部は模糊としているものの、旅の大筋ははっきりと覚えている。覚えている理由は恐らく、イタリアへは何度も行っているがマレーシアへ行ったのはわたしの人生でそのときただ一度かぎりだからだろう。四十代の半ば頃のことだったか。

香港滞在は優雅なものだった。家内と一緒にシェラトンの高層階に泊まって、おびただしい宝石が煌めいているような夜景を部屋の窓から見渡して嘆賞し、昼はペニンシュラ・ホテル一階の〈ザ・ロビー〉に行きそこの名物のアフタヌーン・ティーを賞味する。そんな具合だった。わたしは生来かなりの貧乏性だが、高級ホテルに泊まって至れり尽くせりのサービスを受けるのは気持ちの良いもので、何の抵抗も感じない。そもそもそれ相応の見返りがあるかぎり、金はどんどん使ってしまった方がいいと常日頃考えている。生まれが小商いの家のせがれだからなのか、どうやら金銭とは基本的に不浄のもので、無用に貯めこんでいるのは気色が悪いと感じている部分があるようだ。

もっとも、貯めこむにせよ使うにせよ金があることを前提とした話で、それがあんまりないことは言うまでもない。格式あるペニンシュラの天井の高い豪奢なロビーで、サマセット・モームの小説などに思いを馳せつつ（モームはむしろシンガポールのラッフルズ・ホテルだが）、紅茶を啜りデーニッシュを齧る。タキシード姿のボーイに向かって手を上げて、胡乱なクイーンズ・イングリッシュめいた発音をせいぜい気取って「アナザ・カップ・オヴ・ティー、プリーズ」なんぞと注文し悦に入る。そんな程度のことをけっこうな贅沢と感じるなどというあさはかで貧乏臭いスノビズムは、毛並みのよい本当の金持ちからすれば憫笑の対象にしかなるまい。

ともあれ香港を楽しんで、東京に仕事が待っているという家内とそこで別れ、わたしはバンコクへ向かった。そこまでは予定の範囲だったが、バス旅行でマレー半島を縦断するというのは香港だかバンコクだかで不意に浮かんだ気紛れな思いつきだったかもしれない。予約済みのフライトを変更してもらうために、航空会社のオフィスを探し求めて、かっと陽が照りつけ排気ガスが濛々と立ちこめるバンコクのスクンビット通りの歩道を、朦朧とした頭で長いことてくてく歩きつづけた記憶があるからだ。

かくしてバス旅行が始まったが、とにかく香港でのブルジョワ観光客から一変し、バンコク以降は地金が出たというか、無精ひげを剃ることもしない自堕落なバックパッカーへといきなり転落した。こっちの方がもちろん慣れていて、気楽は気楽である。ある町の長距離バスのターミナルへ着くと、そこの窓口ですぐ、翌日に次の町へ向かうバス便に席を予約し、それから街中までとろとろと歩いていって安ホテルを探す。その繰り返し。あれやこれや面白い見聞を重ねたが、ここでは当面の主題であるイポーまで話を飛ばす。

イポーがさびしい町として記憶に残っているのは、ひょっとしたらごく単純な、身も蓋もないような理由によるのかもしれない。午後遅くバスがイポーに近づいたあたりから天候が急に崩れ、ターミナルに着いたときには肌寒い小雨が降っていたからである。バンコク以来ずっと熱帯雨林気候のじっとりした暑熱が続き、身にこたえていたから、不意に訪れた涼しさが有難くないこともなかったが、初めての町に着いてそこが雨というのはやはりさびしいものである。軀（からだ）が楽になったというよりむしろ、気温の変化に急には順応できず、風邪を引きそうな予感がする。

どこで情報を得たのだったか、イポーには鉄道駅に付設したホテルがあることを知っていたので、そこへ真っ直ぐ行って部屋をとった。今調べてみると、マジェスティック・ステーション・ホテル・イポーは二〇一一年以降休業しているという。英領マラヤとして英国が植民地統治を行なっていた頃、英国人建築家が設計したコロニアル様式の駅舎じたいも、二〇〇八年に改装されたというから、今はもうわたしの記憶にある光景とはやや異なった姿になっているかもしれない。現行のマレーシア観光ガイドを見てみると、その駅舎について「堂々たる白亜の建築」とか何とか書いてあるが、そうした印象はわたしにはあんまり残っていない。薄汚れた駅の建物の端にホテルの看板をようやく見つけ、連れ込み宿の入り口めいたぎしぎし軋む狭い階段をのぼりつめると、今あくびをし終えたといった風情の、制服でなく普段着姿の、ネクタイも締めていない中年男がカウンターの向こうでテレビを見ていて、面倒臭そうな顔で鍵を渡してよこした。「マジェスティック（威厳のある、壮麗な）」が聞いて呆れる、と思ったものだ。

部屋じたいは一応掃除が行き届いていて案外広い、というか何か異様なほどだだっ広い。ただし壁紙は擦り切れ、黴臭いにおいが立ち込め、安物のベッドのスプリングはへたっている。空漠、荒涼といった言葉が頭に浮かぶ。四、五人ぶんの服が入りそうな馬鹿でかい洋服簞笥が隅にどんと置かれていて、扉が半分開いている。掛け金が壊れていていてその扉はどうやってもきちんと閉まらないことが後でわかった。がたついてなかなか開かない窓のガラスの向こうに、小雨にけぶるホームと線路が見えている。列車の発着は絶えてなく、ホームには人影もない。

風邪を引きかけていたのかもしれないが、それよりともかく疲れていたのだと思う。バスに揺られ、町に着いて歩き回り、宿で眠って、朝が来ると荷物をまとめてまたバスに乗る——そんな日々の間に蓄積していた疲労がどっと出たような感じだった。少し眠ったのかもしれないが、安ホテルでは軀も心も芯からは休まらないものだ。ここで寝転んでいても気が塞ぐだけだ、ともかく街へ出ようとわたしは思い、起き上がって身支度をした。わたしもまだ若かった。

傘をさして街を闇雲に歩き回ったが、何を見たかはまったく覚えていない。今手元に置いて眺めている観光ガイドには「イポーではレトロな街並みが魅力」とか「天気のいい日には散歩がてら見て回るのが楽しい」などと書いてあり、バーチ・メモリアル・クロック・タワー、州立モスク、タウン・ホールなどとその「レトロ」な建築の数々が列挙されているが、そのどれ一つとして見た記憶がない。見たのかもしれないが、ともかく覚えていない。いずれにせよ「天気のいい日」ではなかった。

駅から東に広がるのがイポーの旧市街でそこに「レトロ」な何やかやがあり、キンタ川に突き当たってそれを渡ったさらに東側に新市街がある。その新市街側の川沿いに屋台が立ち並ぶ一角があり、わたしがよく覚えているのはそこに腰を据え、サテー（鶏や牛や羊の肉の串焼き）だの甘辛いたれに漬けこんで焼いた手羽先だのを肴にビールを飲みながら、かなり長い時間を過ごしたことである。疲れたな、という思いばかりが心を去来しつづけていた。そう言えばいま突然思い出したが、あれはたしか夏に芥川賞を貰った年の秋のことだった。もっとも、疲れたなというのは子供の頃からずっとわたしの生の常態とも言うべき感覚だったような気がする。しんねりした倦怠ともつかぬこの疲労から逃れられたためしはかつて一度もなかった、と言ってしまえば大袈裟すぎるか。

川のすぐへりにいるはずで、間断のない水音の響きはたしかに伝わってくるのに、屋台店の後ろ側にはびっちりと樹木が密生し、川の流れの光景を隠している。川の好きなわたしとしてはいささか残念だった。後にバトゥ・パハでも、同じように川のほとりに立ち並ぶ屋台街で飲み食いしたが、バトゥ・パハ川をゆったりと見渡せる場所がないという点はイポーと同様だった。マレーシアの人々には川辺の水景を楽しむという習慣がないのだろうか。何か衛生上の理由であまり川のきわには近づかない方がよいということか。もっとも、今はどうなっているか知らない。

日が傾いて街路がだんだん薄暗のなかに沈みこみはじめた。あるとき不意に、吊り下げられたいくつかの裸電球がいっせいにぱっと灯り、店内が急に明るくなったのと同時に外の街路が闇に鎖(とざ)された。店内と言っても、雨除けのビニールシートが支柱のうえに渡してあるといった程度のもので、街路と店内との間には何の仕切りもない。雨が頭上にじかに降りかかってくることこそないものの、細かな水滴を含んだ風が外から横ざまに吹きこんでくるので、長く座っているうちにだんだん軀の芯が冷えこんでくる。

こうして時間が経ってゆく、だんだん老いに近づいてゆくとわたしは考えていた。四十代半ばとはそうした感慨を抱きはじめる年齢である。たとえビールであろうと、飲みつづけているうちには徐々に酔いが深まってゆく。わたしが腰を下ろした時にはまだ閑散としていたが、夜が更けるにつれてどんどん客が増えて席が埋まり、周囲には今やわたしには意味のわからないマレー語の談笑が渦巻いている。クアラルンプールには来てもここまではあまり足を延ばさないらしく、日本人も他の外国人の姿も見当たらない。

やがてそうしているのにも飽き、腹もくちくなったので、わたしは勘定を払って立ち上がり街路に出た。ホテルからここまでけっこうな距離を歩いてきたから、この雨降りのなかそれをまた引き返すと思うとげんなりする。それに夜と言ってもまだ宵の口で、ホテルに戻っても何もすることがない。わたしはともかく歩き出し、行き当たりばったりに右に折れ左に曲がりして歩いていった。そのうちに雨が勢いを増し、わたしのさしている小さな折り畳み傘ではあまり用をなさないほどになってきた。どこかで少し雨宿りしてゆくかと思い、しかし酒も食べものもこれ以上はもう欲しくない。そんなとき、小さな広場のような場所に出て、それに面してかなり大きな映画館があるのが目に入って、インド製のミュージカル映画らしいものがかかっているのがわかり、わたしは上映時刻表を確かめもせずすぐさま切符を買ってなかに入った。

後に、沢木耕太郎さんが、自分は外国の町で時間を潰さなければならない仕儀に立ち至るとインド映画を見ることにしている、と書いているのを発見した。たとえセリフが理解できなくても、話の筋はどれもこれも単純なので画面を追うだけで簡単についていけるし、何しろ楽天的な歌あり派手な踊りありで楽しませてくれる娯楽大作ばかりだから、旅の空の下、もの侘しい気分がつのっているときには気持ちが晴れてよい、といった内容だったと思う。

わたしはこのときの自分の体験を思い出し、けだし旅の達人の叡智なるかなと膝を叩いたものである。イポーでのわたしは図らずも沢木さんの流儀に従うことになったが、ただしそういうことをしたのはこのときただ一度かぎりである。

広さも構造も、とうの昔になくなってしまった渋谷全線座によく似た感じの二階建ての映画館だった。席は四割がた埋まっている程度だったか。途中から見はじめたインド製ミュージカルの歌と踊りはそれなりに気晴らしになったはずだが、中身はまったく覚えていない。ひと通りエンディングまで見たのだったか、途中で飽きて出てきてしまったのかも覚えていない。どのみちインド映画は三時間を超える長尺のものが多い。

外に出てくると、もう上がっていてほしいというわたしの期待を裏切り、というかそれに真っ向から反して、雨は実にバケツを引っくり返したような熱帯雨林性のスコールになっていた。風も強く、そして冷たく、あたりはもう真っ暗だ。こんなことならもう少しなかで時間を潰していればよかったと後悔しつつ、わたしはしばらくの間、映画館の庇の下に茫然と立ち尽くしていた。歩道に叩きつけられた雨粒がばしゃばしゃ跳ね飛んでわたしのジーパンの裾を容赦なく濡らしてゆく。へなちょこの小さな傘をさしてこのどしゃ降りのなかを歩いてホテルまで帰るのは、辛いな、というかとうてい無理だな、と思った。当てずっぽうに歩いてきたので、自分がどこにいるかももう漠然としかわからない。

と、そこにたまたま一台のタクシーが通りかかって、わたしはすわこそと思い、迷わず合図して停車させた。実はわたしはタクシーという乗り物じたい、あまり好んでいない。見ず知らずの運転手と二人きりで狭い空間に閉じこめられるのが気ぶっせいだからである。とくに外国の街で、言葉があまり通じない運転手相手だとその気後れはいっそう強くなる。国によっては料金をボラレるのではないかという怯えがそれに加わる。しかしそのときは、もうそんなことを言っていられる状況ではなかった。

車に乗りこんでドアを閉め、雨音が外に締め出されて遠ざかるとわたしはやや安堵して、ステーション・ホテル、と運転手に言った。ところが「ホテル」はともかくとしてその「ステーション」という英語が通じなかったのである。「レールウェイ・ステーション」と言い直してもわかってくれない。ホテルで貰った簡略な市街地図を取り出して、ほらここ、ここ、と指さしてみせるが運転手は頭を掻いている。マジェスティックという言葉は忘れていた。そう言えばすぐ通じたかもしれない。こうなってはもうなりふり構っていられない。わたしは両腕を鉤状に曲げ、腋の下のところでぐるぐる回しながら、シュッポ、シュッポ、シュッポと大きな声で言ってみた。それで運転手の表情にぱっと理解の光が射し、任せておけというふうに一つ大きく頷いてただちに車を発進させてくれたのは、今考えてみると少々不思議でなくもない。

ジェスチャー・ゲームが成立するのも、文化コードの共有という前提があってこその話である。子供の頃「汽車ぽっぽ」の童謡に親しんだわけでもなかろうマレー人の中年男に、シュッポ、シュッポというような擬音がよくもまあ通じたものだ。そもそも幼稚園児のわたし自身、シュッポ、シュッポ、シュッポッポッポーなどと歌わされながらしかし、そんな音を立てて煙突から煙を吹き上げながら蒸気機関で走る汽車になど、実際に乗ったことはなかったものだ。よく知らないがマレー鉄道だって疾うに電化され、今どき現役で走っている蒸気機関車もそうそうありはしまい。いろいろな疑問が今さらのように湧いてくるが、しかしまあ、ともかくそのときその場で意味が通じたのだからそれでいいということにしておこう。気合いで通じるだの以心伝心だのといった現象を包摂するコミュニケーション理論は存在するのだろうか。

運転手は英語をまったく知らないわけではなかった。運転しながら、どこから来たんだというお決まりの質問をするので、ジャパンと答えると、おお、ジャパンか、行ったことがある、半年暮らした、と言う。え、半年……？　半信半疑の気持ちになって訊き返し、要領を得ないやりとりを交わすうちに、どうやら日本に出稼ぎに来ていたらしい、と見当がついた。ナーゴヤ、フクオーカ、イタダキマス、ゴチソサマデシタなどと言う。名古屋と福岡で働いていた半年の間に、何か嫌な思いをすることが、させられることがなかったかとちょっと心配になったが、日本滞在はさして悪い思い出を彼に残さなかったようで、懐かしそうな表情に顔をゆるめて笑っていた。鼻のしたに髭をたくわえた陽気な男だった。

翌日、マジェスティック・ステーション・ホテルを引き払ってまた長距離乗り合いバスに乗った。せっかく駅舎に泊まったのだからと思い、鉄道の時刻表も検討してみたが、大した本数は走っておらずあまり役に立たない。あのオリエント急行を模してマレー半島を縦断するイースタン＆オリエンタル急行とかいう豪華ツアーがあるはずだが、イポー駅に掲げられた時刻表に載っているはずもないし、もとよりそんなものに関わり合う気もない旅だった。

バスがイポーを離れ、かなり走ったところで、ホテルの部屋の箪笥の中にまだ真新しい長袖のTシャツを一枚、吊るしたまま忘れてきたことに気づいた。ごみ箱行きにならず、誰かが自分のものにして着てくれるといいのだが、と思ったものだ。

イポーが懐かしい。もしイポーにまた行く機会があったら、今度こそよく晴れた日に、その「レトロな街並み」を嘆賞しつつのんびり散歩してみたいものだ。通りすがりに一泊しただけの町にすぎない、と冒頭に書いた。しかし、通りすがりと言うなら旅の宿とは結局、何泊しようが何週間滞在しようが、どれもこれも通りすがり以外のものではあるまい。そもそもこのうつし世に生まれた人の一生それじたい、通りすがりにふと足をとめて仮寝の宿で過ごす、ほんの束の間の時間にすぎないのではないだろうか。

名瀬

こうして書いてきて、さびしい町というのは結局、どうということもないふつうの町のことらしいと改めて思い当たる。逆に言うなら、ふつうの町はどれもこれも多かれ少なかれさびしいもので、それはこのうつし世での生それじたいが本質的にさびしいからだろう。「窓に／うす明りのつく／人の世の淋しき」（西脇順三郎『旅人かへらず』「二」）。人は「人の世」のふつうの町で生きふつうの町で死んでゆく。

では、さびしさとは一見無縁の、ニューヨークのタイムズ・スクエアとか渋谷のハチ公前交差点あたりとか、四六時中躁状態で浮かれているような盛り場は「人の世」ではないのか。たぶん、そうだ。「人の世」から懸け離れたそんな場所へ、人は「人の世」のさびしさをいっとき忘れるために行くのである。もちろんわたしもそういううつろに賑やかな場所へもたまには行き、行って面白くないわけでもないけれど、その種の面白さにかまけることに人生のどんどん少なくなってゆく残り時間を費やすのはもったいなすぎる。そんな思いが歳をとるにつれてますます強くなってくる。「人の世」のさびしさとは実は決して忘れようも紛らしようもないものだということは若い頃にはわからない。

フランク・シナトラが例の力強い勇壮な声を張って歌い上げるところによれば、ニューヨークは a city that never sleeps、決して眠らない町なのだという（"New York, New York"）。しかし、町が眠らなくても人は「人の世」の自然に従って必ず眠る。そして、人が眠るには眠らない町より人の眠りに寄り添って一緒に眠ってくれる町に身を置いているに越したことはなかろう。人とともに眠ったり起きたりする、それがふつうの町というものだ。もっとも、タイムズ・スクエアだのシャンゼリゼ大通りだのはニューヨークやパリのなかでももちろん例外的な場所である。のんびり散歩してさびしい気持ちに浸るのに好個な、そして日が暮れると「窓に／うす明りのつく」ような界隈は実はニューヨークにもパリにも沢山ある。

ちなみにシナトラは力強さと勇壮ばかりでもっていた歌手ではない。他方で彼は、孤独な酔っ払いが人恋しさから深夜までぐずぐずと店に居残り、バーテンダーのジョーに、Just make it one for my baby, and one more for the road――「なあ注いでくれよ、あの娘のために一杯、それから帰り道のための景気付けにあともう一杯だけ」などとくだを巻いているさまを抑制された声音でしんみり歌い上げてもいて（"One for My Baby (and One More for the Road)"）、そんなふつうのバーや呑み屋もふつうの町には必ずある。

奄美大島の名瀬もそうしたふつうの町の一つだが、そのことだけではなぜわたしがこの町をこんなに好きなのかは説明できない。そもそも奄美そのものがわたしは好きで好きでたまらないのだ。沖縄もその先の宮古諸島や八重山諸島ももちろん好きで何度も行ったが、何しろ奄美がいちばんいい。奄美空港に降り立った瞬間からわたしを包みこむ、あの甘美な懐かしさともせつなさともつかぬ一種特有の感覚を、宮古島や石垣島やあるいはそれよりさらに先の与那国島などでは味わったことがない。

どうしてそうなのか。奄美群島は大きく言えばもともと琉球文化圏に属するが、九州以北のヤマト文化の影響も受けており、その中間的な風合いがわたしの肌にちょうどしっくり馴染む。そういうことかもしれない。もっとも九州以北からのその影響とは、徳川時代の薩摩藩が奄美に布いた苛酷な圧政の歴史と切り離すことはできないもので、甘美とか懐かしいといったのんきな思い入れをわたしごときが語るのは本当は慎むべきなのかもしれない。ただ、いい気な言い草を続けさせてもらうなら、蒙(こうむ)ってきた苦衷や災禍の記憶によってある土地がそこはかとない翳りをまとい、そこに独特な魅力が生じるということはある。

総じてわたしは「南」が懐かしい。長崎県の松浦市には行ったことがなく、地名として知っているだけだが、わたしの先祖と何か関係があるかもしれないといった埒もない夢想をぼんやり弄ぶことがある。わたしが父方の祖父について知っているのは、千葉から東京の味噌屋に丁稚奉公に出てきて、やがて独立して店を始めたということだけだ。親戚の誰彼に訊いてもそれ以前の家系について首をかしげるばかりで要領を得ないが、いずれにせよ、何の根拠もないものの、自分はもともとは「南」の民の一人だ、そのはずだと直観的に思われてならない。「南」へ帰りたい。行きたいではなく、帰りたい。折りに触れそんな思いが込み上げてくる。

何代か前のわたしの祖先の一人は南西諸島のどこかの桟橋から帆船に乗り、あるいはもっと原始的に浜から丸木舟を漕ぎ出し、北へ向かったのではないか。やむをえず追われるようにしてかもしれないし、青雲の志を抱いてかもしれない。長崎や佐賀あたりにもいっとき根を下ろし、そこからまた少しずつ東漸(とうぜん)して関東地方に辿り着いたのではないか。こんなに「南」が懐かしいのは、わたしの血のどこかにそうした未生以前の記憶が潜んでいるからではないのか。そんな記憶を喚び覚ますようなつもりで「南へ」と題する小さな詩を書いたこともある。

そんなわけで、琉球弧をかたちづくる島々への憧憬に衝き動かされ、旅を繰り返してきたが、中でもわたしを引きつけてやまないのが奄美大島とその周辺の加計呂麻島(かけろまじま)、喜界島(きかいじま)、徳之島(とくのしま)なのである。それが沖縄や先島諸島でないのは、北上と東漸を続けてきたわたしの家系に、ある時点以降「ヤマトンチュ」の血筋が混入して濃さを増し、そのあたりのブレンドの具合が、先ほど語ったような、琉球王国と薩摩藩とからともども影響されてきた奄美の風土の中間性、その文化の混淆性とほどよく共鳴するからではないだろうか。

人は奄美大島に釣りやスキューバダイビングやマリンスポーツの楽しみを求めて行くらしい。わたしの場合は生憎そのどれにも疎く、奄美大島へ行っても名瀬でレンタルの古いスクーターを借りて島内をとろとろと走り回ることくらいしかしない。海からの風に吹かれ、眩しい陽光を浴び、自転車よりもほんの少し速い程度でのんびり走ってゆく。本当は自転車で回りたいところで、それができれば地面や空気や光ともっと深い、もっと直接的な交流が成り立つだろうが、島を一周できる海岸沿いの道路はけっこう起伏があるからわたしの体力では残念ながらちょっと無理である。

その起伏と海岸線に沿った曲がりくねりを楽しみつつ、ご飯を食べたり、気が向けば海岸に下りてひとしきり泳いだりして休み休み走っていっても、ほんの半日で島を一周できてしまう。濡れたシャツやジーパンは走っているうちにたちまち乾く。次から次へと目に鮮やかな入り江が現われる北側の海岸線も南側のそれもどちらも美しいが、その美しさは北と南とで性格を異にする。北側では空はかすかな陰翳を帯び、海の色は明るい碧(あお)から黒に近いグレーまで幾段階かの層をなす。南側では空にも海にもひたすら眩しい光が溢れ、水平線のかなたに折口信夫が語ったような「常世(とこよ)」が、「わが魂のふるさと」があるような気がしてくる。

そんなふうにぐるりと周回して名瀬まで帰り着くと、そこにはふつうの町が広がっている。通りを歩く人々、立ち話をしている人々、店の奥に座っている人々の表情や挙措はみな穏やかで、こっちの神経を刺激するものはいっさいない。名瀬の町でいいのはアーケード商店街があることだ。そこには奄美特産の観光土産を売る店ももちろんあるけれど、それよりむしろ名瀬に住む人々の日常の用を足すものを商う店が立ち並ぶ。着いた当初はわたしも飛行機に乗って訪れた観光客らしい、よそ行きの顔つきできょろきょろしているのだろうが、商店街をしばらく歩いてゆくうちにだんだん気持ちが静まって、町の人々と同じ穏やかな表情になり徐々に町のなかに溶けこんでいきつつある自分に気づく。それを言い換えれば、だんだんさびしい気持ちになってゆく自分に気づくということになる。

わたしはアーケード商店街というものが大好きでその魅力については何度も書いたことがあるが、そんなときいつも思い浮かべるのは名瀬のアーケード街だった。町に暮らすふつうの人々の生活を支えているいきた商店街であることや、人工的な繁華街のお祭り騒ぎとは異質の静かで穏やかな活気があることは言うまでもないが、それに加えて、これがゆるやかに蛇行したアーケード街だという点がある。

神戸は言うまでもなく素敵な町である。ただ、元町商店街や三宮本通商店街がわたしにとってもう一つ魅力に乏しいのは、それがあっけらかんとした直線の構造であるからだ。かなりの距離にわたって広々としたアーケードが続く元町や三宮は立派で堂々としていて、多くの観光客も含む雑踏でいつも賑わっている。そこではさびしい気持ちを味わえない。何か堂々としすぎていて日常生活の素朴な味わいがないこと、賑々しさに振り回されて心が浮き足立ってしまうこと——それもあるが、むしろ曲がりくねりがないのが何となく物足りないのだと思う。

真っ直ぐな道というものは、ある時ある人々の明確な意志によって造られた、人工的な文明の産物である。曲がりくねった道はそれに対して自然発生的に生まれたもので、合理性一辺倒の都市計画からは逸脱している風景だ。その土地に住みついた人々が何代にもわたってふつうの生老病死を潜り抜けてゆくうちに、何となく踏み均され、何となく出来上がっていったふつうの道の両側に、小屋掛けをして商いをする人々が集まっていった。それがだんだんちゃんとした店のかたちをとるようになり、やがて道全体にアーケードをかぶせ、雨が降ってもものんびり買い物ができるような工夫が凝らされていった。そんなふうに土地の自然、そこに暮らす人々の自然に根を下ろした商店街が、わたしにとってはやはりいちばんよい。

蛇行しているアーケード商店街を歩いてゆくと、躯（からだ）がゆっくりと右に左に振れてゆく。時間が——わたしの中に流れる時間、そしてその土地にかつて流れた、また今現に流れつつある時間が——真っ直ぐにではなく、曲線を描いて経過してゆくようでもある。わたしの今の住まいの近所で言えば、阿佐谷パールセンターがそんなアーケード商店街で、ときどき散歩の足をそこまで延ばすことがある。阿佐ヶ谷駅のすぐ近くに入り口があり、中杉通りから分かれて斜めに続いてゆくこのアーケード街は、緩い曲線を描いて青梅街道へと抜けてゆく。そう言えば阿佐谷もちょっとさびしい素敵な町である。

名瀬の町を歩きたくて奄美大島への旅を繰り返したものである。通りすがりと言えば名瀬もまた、もちろん通りすがりの町ではある。親しい知り合いや友人が出来たわけでもなく、そこの人々の生活の中に深く入ってゆくような仕事をしに行ったわけでもない。わたしはいつも通りすがりの旅人だった。しかし何度もそこに戻ってきて一泊か二泊するという経験を重ねるうちに、町の空気がそれじたい親しいものに変わってゆくということはある。ああ、また戻ってきたという気持ちになれる町を持つのは人生の喜びの一つなのではなかろうか。名瀬はわたしにとってそんな町の一つである。

あれはいつ頃のことだったか、名瀬に通いはじめた最初の頃だと思うが、何かよほど時間を持て余す気分になっていたのだろう、泊まっていた市中のビジネスホテルの部屋から一階のフロントまで下りていって、映画館はありますかね、と尋ねてみたことがある。そこにはダークスーツにネクタイを締め、ただの雇われ人の受付係というよりマネージャーめいた風采の痩せた中年男がいて、ないんですよ、と申し訳なさそうな表情でぽつりと言った。でもね、とわたしは首をかしげた。さっき、あっちの方をぶらぶら歩いていた途中で、何か映画館の看板みたいなものを見かけたような気がするんだけど。ああ、あそこはね、もうとっくに閉館して、看板も片づけずにそのまま放っておかれていまして……。いや、実はね、つい一昨年まで、名瀬には三つも映画館があったんです。それが次々に休業、廃業してしまいまして、それで今はもう……。

残念と言えば残念だったが、何となく名瀬にふさわしい話だと思ったのも事実だ。今ではもう、お部屋のテレビでネット配信の映画が見ほうだいですからどうかそれでお楽しみください、といった体たらくになっているかもしれない。そんなことを勝手に想像しつつ、ちょっと調べてみたら清潔で気持ちがよかったあのホテルは改築して、名前も変わっていることがわかった。あのマネージャーだかオーナーだかは、白髪が増えちょっと歳をとった顔になってまだフロントに立っているだろうか。今ふうの名前に変わったあのホテルにもう彼はいなくなってしまっただろうか。

それで改めて思い当たるのは、奄美大島が好きで何度も行ったとここまで書いてきたにもかかわらず、もう十年、ひょっとしたら十数年も奄美から——そして他の南西諸島からも

――足が遠のいているという事実である。大学を早期退職してからかなりの時日がするすると経過し、たっぷり暇ができたはずなのに、そしてその間、また奄美へ行きたいねといった話を家内とすることも何度もあったにもかかわらず、漠とした旅の計画はいつも立ち消えになり、かつての旅をときどき思い返すだけになってしまった。

これもいつの間にかなくなってしまったらしいが、名瀬のアーケード街のはずれになかなか風格のある古本屋があった。一階はありきたりな品揃えだが、二階は奄美の風土と文化に関する資料をぎっしり集めた小アーカイヴの様相を呈していて、興味が尽きない。前田長英『道の島史論――奄美の歴史を考える』をはじめ、そこで買って持ち帰った何冊かの本はまだ手もとにある。あるとき、積み上げられた本の山でちょっとした迷路のような感じになっているその二階で時間を潰していて、ふと目を上げると、書架と書架の間から、レジ台の前でお金を払っている男の姿が見えた。無精ひげを生やし肩掛け鞄を下げたその男は、支払いを済ませるやさっと階段を下りていき、わたしの視線は立ち読みしていた本のページにまた戻った。

活字の続きを目で追いながら、その一方で、横顔がちらりと見えただけだけれど、何だか吉増剛造みたいな感じの人だったたな、という思念がぼんやり浮かんでいた。数分経って、あっ、あれは吉増さんだったのかもしれない、いやきっとそうに違いない、と突然思い当たった。迂闊なことに、それまで名瀬と吉増剛造を結びつけて考えたことがなかったけれど、実のところここは吉増さんと非常に縁の深い土地ではないか。それで、慌てて本を書架へ戻し、階段を駆け下りてみたが、一階の店内にはもうその男の姿は見当たらない。店を出て、通りの左右を見渡し、アーケード街に戻ってみたり近所をしばらく歩き回って曲がり角で小路の奥を覗いてみたりした。遅れをとったのはほんの数分だから、遠ざかってゆく小さな後ろ姿くらいは視界に入って当然と思われたが、男の姿はもう煙のように、手品のように消え失せていた。

吉増剛造というのは、実際、そういう人なのだ。風のように吹ききたり、風のように吹き過ぎてゆく旅人——わたしはコピーライター的才能もちょっぴりあるので、本当はその「旅人」の前に「魂の」などという言葉を添えてみたいところだが、知らない人にとっては通俗的に聞こえかねないだろうし、あまりに気恥ずかしいので止めておく。いずれにせよ、吉増さんというのはなかなか捕まえられない人なのだ。

今でも年に二、三回は吉増さんにお目にかかる機会はあるのだが、そんなときでも彼はどこからともなくすうっと現われ、ほんの少しだけ言葉を交わすとあの何とも言えず魅力的な含羞の滲む笑顔をこっちの心の中に残したまま、不意にさっとどこかへいなくなってしまう。いつもそんな感じがする。名瀬でのこのときのきわどい出会い損ねの一件に関しては、それこそ何か気恥ずかしくて彼に話したことはない。今さら話してみてももはや確かめようもあるまい。まあ、あの男は結局、吉増さんではなかったかもしれない。しかし、惜しいところですれ違い、吉増さんに挨拶しそびれたとこっちは勝手に思いこむことにして今に至っている。そういう残念きわまりない出来事として記憶していた方が楽しいではないか。

それにしても最後に名瀬に行ってからもう十年余り経つことに今さらのように気づき、虚を衝かれるような思いがしている。このご時世の変わりようの激しさを考えると、名瀬もまたわたしの知っていた、慣れ親しんでいた名瀬ではなくなってしまっているだろうか。少しばかりそう疑い、しかしたちまちいやいやと思い直す。素敵なさびしい町はそうそう変わるものではない。それを確かめに近々また飛行機に乗らなければならない。

大島に寄り添うように位置し、大島南端の瀬戸内町古仁屋（こにや）の港からフェリーに乗って十五分ほどで行ける加計呂麻島の魅力について触れる紙数がなくなった。いずれそのうちゆっくり書いてみたい。

ヴィル＝ダヴレー

ヴィル゠ダヴレーに行ったのはたった一度きりだ。行った日ははっきりしていて、それは一九八一年十二月のことだった。十二月の何日だったかは今はちょっとわからない。その日がはっきりしていると言いながら具体的な日付がわからないとも言うのは、矛盾しているように聞こえるかもしれないが、ともかくそれはわたしにとっては他のどの日とも違う特定の、決定的な日だった。それは一年三か月住んだアパルトマンを引き払ってパリを発つ日だった。

わたしはまず七六年九月から七八年十二月までの二年三か月をパリで暮らし、いったん日本に引き上げ、さらに八〇年九月から八一年十二月までの一年三か月をふたたびパリで過ごした。中断を挟んで二回、つごう三年半に及んだ留学生活の最終日に当たるその日、シャルル・ド・ゴール空港を発つフライトはもちろんもう予約済みで、荷造りも前日の晩にはすでに終わっていた。東京の実家に送るべき荷はさらにそれに先立って一週間ほどかけてすべて発送してあり（その大部分はもちろん本だった。毎日毎日大量の書籍小包みを近所の郵便局に持ちこんだので、すっかり顔馴染みになってしまった窓口係の女性が、あんたは日本で本屋でも開くつもりなのかと呆れ顔で言ったものだ）、一年三か月暮らしたオーギュスト・ヴィテュ通りの小さなアパルトマンはもうすっかり空っぽになり、掃除も済んでいた。

あれは十二月の何日だったのだろう。どこかの引き出しか書棚のファイルかを根気よくほじくり返せば、日付のメモか何かが出てくるかもしれないが、そんな面倒なことをする気に今はなれない。ともかくこの小文を書いている現在は二〇一九年三月半ばだから、あの日以来三十七年三か月の歳月が流れたことになる。それは長かったのか、短かったのか。当時わたしは二十七歳だった。

あの日の朝、わたしは何を感じ何を考えていたのだろう。外国暮らしがとにもかくにもこれで終わるという感慨は当然あったろうが、何も覚えていない。その感慨は、もうこの町にこれほど長く続けて住むことはまず二度とあるまいという直感――それは結局事実となった――と表裏一体のものだったに違いない。愛惜、寂寥、後悔、それぞれうっすらとながらそんな思いの数々が渦巻いていただろうか。人生の前途への不安、心許なさ、やるせなさを、まあ何とかなるだろう、なるようになってゆくだろうという楽観主義で相殺しようと努めていただろうか。わたしはまだ学生で、他方、同期で大学を卒業し会社や官庁に就職した友人たちはもうばりばり仕事をしてキャリアを積み、すでに中堅と呼ばれるような存在になりつつある。そのなかで、外交官になった女性、銀行に入った男性の同級生は同時期にパリに――前者は日本大使館に、後者はパリ支店に――赴任していて、フランス政府の給費で細々と食いつないでいるわたしの目にはずいぶん羽振りのよい生活をしているように見えた。彼らはそれをひけらかすつもりなど毛頭なかったろうが、わたしにしてみると情けない僻み心がおのずと生じざるをえなかった。

それでも、浮き立つような心躍りも多少はあっただろうか。というのも、帰国費用はフランス側がもってくれることになっていたのだが、わたしは給費支給の窓口で交渉し、割増料金――たしかそう高くはなかった――を自前で払うという条件で、成田直航の航空券をニューヨーク経由のそれに変更してもらっていたからだ。その日の午後飛行機に乗れば七、八時間かそこらでケネディ空港に着き、生まれて初めてアメリカ大陸の土を踏むことになる。それなりの義務もあった留学生の身分から完全に解放され、憧れのニューヨークで安気なヴァカンスを過ごすことができる。そんな心ときめくような期待感もあったはずだが、もう何も覚えていない。

覚えているのは、朝起きて、空っぽになってきれいに片づいたアパルトマンのなかでぽつねんと背中を丸め、ベッドに腰掛けてぼんやり窓の外を眺めながら、心のなかに広がる、単なる手持ち無沙汰というよりもう少し強い、何やら空漠とした感覚を持て余していたことだけだ。友人が車で来て空港に送ってくれる手はずになっていたが、彼が来てくれる予定の時刻まで、いくばくかの時間を潰さなければならなかった。たぶん午後の三時かそこらにパリを発つフライトだったのではないだろうか。

これを書いている今、そのときの感覚を記憶から甦らせているうちに、三十七年余りという時間はやはり長かったのだなという思いが改めて卒然と込み上げてくる。というのも、六十四歳になった今なら、半日ほどの時間などただぼんやりと立ったり座ったり、ちょっと散歩したりしているうちにたちまち過ぎてゆくからだ。実際、近頃は一日が本当に短い。起きて、朝食をとり、何やかや半端なことを片づけているうちにいつの間にか陽射しがもう翳り出していることに気づいて愕然とする。時間が経つのがどんどん速くなるのが老いの進行というものだ。ところが、二十七歳のわたしは半日ほどの「間」がぽっかり空けばすぐさま空虚感に駆られ、さあそれをどう埋めようとただちに考えずにいられなかったわけで、生のエネルギーがそれほどに充溢していたということだろう。ともあれ、そういうわけでその日のわたしは、この最後の半日を利用してヴィル＝ダヴレーへ行ってみようと思い立ったのだ。

わたしは『シベールの日曜日』という映画が好きだった。たしか高校生の頃、高田馬場パール座で見たのだと思う。原題は“Cybèle ou les Dimanches de Ville d'Avray”（シベールあるいはヴィル＝ダヴレーの日曜日）、監督はセルジュ・ブールギニョン、一九六二年製作のフランス映画である。従軍中に或る苛酷な体験を蒙りそのショックで記憶を喪失した三十男と、ほとんど親から遺棄されるようなかたちで寄宿学校を兼ねる修道院へ入れられた十二歳の少女とが、偶然の成り行きで日曜ごと、池のあるヴィル＝ダヴレーの公園で逢引きを繰り返す。この年齢差で逢引きという言葉はやや不穏だが、少女は男に、あと六年たてばわたしたち結婚できるわ、わたしは十八、あなたは三十六……三十六ならまだまだ若いもの、などとませた口調で言ったりするわけで、露骨な何かが起るわけではもちろんないものの、二人の関係は一種ヤバい雰囲気をまとっている。脚本にも演出にも、そこはかとなく官能的な、つまり危険な空気の描出は意図されており、実際、そのスキャンダル性に眉を顰める周囲の人々の介入で、物語は一挙に破局へ向かってゆく。

今回、この小文を書くためにDVDを取り寄せて、これはもう半世紀になろうかという歳月を隔てて、テレビ画面でこの映画を見直すことになった。しかし見直すというより結局、初めて見るのも同然だったのである。大人の男とまだ子供と言うべき少女の、池のある公園での日曜ごとのデートという物語の骨格、そして少女の悲痛な叫びでぷっつり断ち切られるように終わる唐突なアンハッピー・エンド——その二つを除けば、あとは何一つ覚えていなかった。

それに、「叫び」として覚えていたのも実はわたしの記憶違いで、実際には早口の囁きのようなものでしかなかったことが確かめられた。フランソワーズというありきたりな名前で呼ばれていた少女は、いつかそのうちあたしの「本当の名前」を教えてあげるわと焦らすように男に言いつづけ、クリスマスの日にとうとう「シベール」——少女は自分を女神キュベレになぞらえたのだ——という名前を明かすのだが、それに続く悲劇的なカタストロフの後、少女は、あたしにはもう名前はない、あたしは誰でもない、無でしかない、と息を切らしながら囁くように言い、それが映画の幕切れとなる。

ヴィル゠ダヴレーという地名がずっと気になっていたわたしはその日、出発までの最後の数時間を利用してその映画の舞台になった場所へ行ってみようと思い立ったのだ。『シベールの日曜日』はクリスマスに至る数週間を描いた冬の物語だから、季節もちょうどぴったりだという思いもあっただろうか。実は、パリ郊外の小さな町であるヴィル゠ダヴレーまで、自分はその日てっきり電車に乗って行ったのだとつい最近まで思いこんでいた。ところが今回改めて地図で確かめてみると、わたしの住んでいたアパルトマンからヴィル゠ダヴレーの公園までは直線距離にしてほんの五キロほどでしかなく、たぶんあの朝わたしは恐らく徒歩で出かけたのではないかという思いが今徐々に強くなってきている。映画は冒頭シーンからすでに駅と電車が登場し、電車でのパリとの往復という話題も繰り返されるので、その記憶に引きずられて、わたし自身もヴィル゠ダヴレーまでＳＮＣＦ（フランス国鉄）で行ったという偽の記憶が残ったのかもしれない。

宮殿で有名なヴェルサイユはパリのほぼ西南西の方向にあるが、ヴィル゠ダヴレーはその一つ手前の町である。パリの方から行くと、セーヴル、ヴィル゠ダヴレー、そしてヴェルサイユの順に並んでいることになる。そして、わたしのアパルトマンはパリの南西の端に近いミラボー橋のたもとにあったので、ヴィル゠ダヴレーは実は散歩圏内のようなものだ。いきなりずっと歩いていったのだったか、それともメトロでポン・ド・セーヴル（9号線の終着駅である）まで行って、そこから歩いたのだったか。

ともかくその十二月の非常に寒い日の午前中、ヴィル゠ダヴレーにはたしかに行ったのだ。公園にもたしかに行き着いて、ああここか、ここが『シベールの日曜日』のあの池かと、或る感慨とともに納得したのも事実である。事実であるというのはしかし、そういう言語的命題として記憶に残っているというだけのことで、具体的にその公園の木立ちや池の光景を今なお覚えているかと問われれば、まったく覚えていない、映像も音も空気の感触も何一つ甦ってこないと答えるほかない。電車で行ったか徒歩で行ったかさえ忘れているくらいなのだから、無理もあるまい。

『シベールの日曜日』のＤＶＤを見た、と先ほど書いた。それを見ながら、ああ、そうだそうだ、たしかにここだった、池の佇まいはこんなふうだったな、こんな四阿（あずまや）があったなと、分厚い霧が突然晴れわたってゆくように思い出がみるみる鮮明に甦ってきた——そんなことが起きて感動した、なんぞという美談をここに書ければどんなにいいかと思うけれど、正直なところ、そんなふうに得たりとばかりに膝を打つ瞬間など、一つもわたしに訪れることはなかった。

『シベールの日曜日』じたいは、ロベール・ブレッソンの映画を多少甘く、多少感傷的に、つまりは多少通俗的にしてみたといった代物で、まあ悪くはないが名作とは言いがたい代物である。一九六二年度のアカデミー外国語映画賞を受賞しているが、アカデミー賞などという空疎なお祭り騒ぎにわたしは何の信もおいていない。映画や小説において「通俗的」というのは必ずしも貶（けな）し言葉ではないはずだが、ともかく話の展開があまりにご都合主義で、説得力がなく、とくに最後の破局に至る場面の幾つかが不自然に省略されているといった印象がある。その省略はＤＶＤへの移植の際に勝手に行われた——よくあることである——のではないかと疑ってみたが、百十一分のオリジナル・ヴァージョンがそっくりそのままＤＶＤ

に収録されているのは確からしい。

ただ、無表情な三十男を演じたハーディ・クリューガー（基本的に大根役者だと思うが、彼が傍役を演じたあのすばらしいイギリス映画『ワイルド・ギース』においてと同様に、ここでもその不器用さじたいが得難い美点になっている）、少女シベールを演じたパトリシア・ゴッジ（ふわふわした毛の真っ白なトック帽がよく似合って非常に愛らしい）、その両者ともどもがかなりの好演であることは認めなければなるまい。ブレッソンを想起したのは、小型の乗り物をぶつけ合って遊ぶ縁日（フェット・フォレーヌ）のアトラクションのシーンで『少女ムシェット』に思いを馳せざるをえなかったからでもあろうが、考えてみれば『少女ムシェット』（一九六七年）の方が後に製作された作品なのだった。

それに、アンリ・ドカエ――『いとこ同志』『大人は判ってくれない』などヌーヴェル・ヴァーグを支えたキャメラマン――によるモノクローム撮影は非常に美しく、それを味わうためだけにでもこの映画を見る価値は十分ある。池のなかに石がぽちゃんと落ち、水面に波紋が広がってゆくのに続いて、世界の風景そのものが水に映って揺らめいているかのような、何か魔法のような映像が一瞬、挿入されている箇所があり、それには誰でもはっとして目が洗われるように感じるだろう。水面に広がる円弧状の波紋の重なり合いのイメージは、実はわたしのオブセッションの一つで、高校生のわたしには――そして二十七歳のわたしにも――まだ知る由もなかったことだが、わたしがやがて書くことになる詩や小説のなかでそのイメージは繰り返し登場し様々に変奏されてゆくことになる。その淵源にはたぶん幼年期のわたしが上野の不忍池で見た光景の記憶があり（それについては『方法叙説』（講談社、二〇〇六年刊）のなかで少しばかり触れた）、『シベールの日曜日』にわたしが惹きつけられた理由の一つは美しい白黒画面に登場したこの水の波紋の広がりのシーンにあったかもしれない。

一九八一年十二月のその日、目当ての公園に行き着けたことでとりあえず満足し、少しばかり散歩してから帰ってきたわけだ。ただし、帰途でちょっとした問題が生じた。思いがけず広大な公園の中で方向感覚を失い、入ったのとは別の出口から出て、ヴィル＝ダヴレーの町を抜けてゆくうちに道に迷ってしまったのである。友人が迎えに来てくれることになっている時間までに自分のアパルトマンに帰り着けるだろうか、もし間に合わなかったらどうしよう、と焦ることになった。何もかも引き払ってパリを発つという当日なのに、こんなところまで無意味に遠出して、しかも迷子になってしまい、おれは何て馬鹿なんだ、その気になればここ数週間というもの暇な時間はたっぷりあったのに、という後悔を噛み締めて舌打ちしつつ、小洒落た一戸建てが立ち並ぶ住宅街をさ迷う羽目に陥った。事ここに至ってもし万が一定刻に帰宅できなければ、ひょっとして飛行機に乗り遅れることにだってなりかねないではないか。突発的な思いつきで危ういことに衝動的に飛びこんでいってしまうそそっかしさ、要領の悪さは、これはたぶん若さのせいではなく生まれつきの性（さが）というものだろう。今もって同じようなことを繰り返しているからである。

あのときわたしは高い建物の櫛比（しっぴ）するヴィル＝ダヴレーの中心部ではなく町はずれの住宅

地をさ迷っていたのだから、やはり徒歩で帰ろうとしていたに違いないが、帰途の詳細はまったく記憶にない。ぎりぎりの時刻に辛うじて帰り着けてほっとしたこと（実際、帰宅して三十分も経たず、まだ息遣いも普通に戻っていないうちに呼び鈴が鳴ったのではなかったか）、見送りにきてくれた友人たちと空港ロビーで交わした会話、十日間ほど過ごしたニューヨークの風景やそこで体験した様々な出来事の切れはし、等々は、今でも甦ってくるが、ヴィル゠ダヴレーの公園や街並みの風景はすっぽり記憶から抜け落ちている。ただし、たった一つだけ鮮明に覚えていることがあるのだ。

それは、心細さとよるべなさと焦燥感がないまぜになったような気持ちを抱えて、大して裕福そうな感じは受けないがそれでも一軒ずつ小ぎれいな庭のある家々が両側に並ぶ、緑の豊かな道路を早足で歩いてゆく途中、わたしのうえにどこからともなく卒然と下りてきた或る多幸感（ユーフォリア）である。あれはいったい何だったのだろう。

正午近い午前中、ないし午後の早い時刻だったか、凍えるような寒さだったけれど、透き通った明るい光がいたるところに漲っていた。家々は静まりかえり、道にも庭にも人影はほとんど、あるいはまったくなかった。定年で隠退した人々が退職金をはたいて小体な家を買い、のんびりした気持ちで老後を過ごしている――そんな雰囲気がないこともない街並みだった。幸せな人生というものがあるのかもしれない、と二十七歳のわたしは思った……のかどうかは、まあ、わからない。それ以上のことも書けるが、何を書いてもそれは結局、六十四歳のわたしが三十七年余り昔の過去に向かって投射する想像でしかない。小説めかした虚構で実体験をむなしく飾り立てるのは自分自身がたしかに生きた過去を侮辱する振る舞いでしかなく、わたしはそんな虚飾からは身を遠ざけていたい。わたしにとってたしかなことは、あの唐突な多幸感(ユーフォリア)の訪れだけである。その静謐な恩寵に揺すられながら、わたしはただただ寂しかった。そしてヴィル゠ダヴレーはおっとりと穏やかな、さびしい町だった。

三十七年余りの歳月を隔てて、人生の或る一日を、というよりその一日の或る一刻を思い出す。それはいったいどういう行為なのだろうと、何か狐につままれたような思いとともにつくづく考えざるをえない。わたしはヴィル゠ダヴレーにもう一度行きたいとは思わない。わたしはあの日、あの瞬間、たしかにそこにいた。それだけでよい。ただし、わたしはそれを思い出す。ほんの取るに足りない、つまらない一瞬ではあるが、それが不意に甦ってくる。それは実に、何と不思議な心の働きではないだろうか。

付け加えておけば、『シベールの日曜日』を半世紀ぶりに見直して、これはやはり好きな映画だ、わたしの映画の嗜好は高校生の頃からまったく変わっていないのだ、と改めて得心したものだ。決して名画とは言えまいが、そのことと映画に関するわたしの好き嫌いとは何の関係もない。わたしの大好きな「名作ではない映画」の数々をめぐって、そのうち一冊の本を書いてみたいものである。

ニャウンシュエ

覚えていない、思い出せない、忘れてしまったと芸もなく繰り返す羽目になった前回の成り行きには、我ながら辟易したので、今回はまだよく覚えている旅の思い出を書いてみたい。ミャンマー旅行は昨年（二〇一八年）の十一月のことで、これをすっかり忘れてしまったということになったら脳の異変でも疑わなければなるまいが、幸いにと言うべきか、この旅の全体についてはさすがにまだ細部に至るまでなまなましい記憶が残っている。

ミャンマーは初めてである。ヤンゴン二泊、ニャウンシュエ三泊、バガン三泊、そしてヤンゴンに戻ってそこに最後に一泊し帰途につくという、比較的ゆったりした日程だった。旅の立案と手配はぜんぶ家内がやってくれた。この人の性格はのんびりとせっかちが奇妙な按配で混淆していて、なかなか行動が読めないところがあるが、旅行に関するかぎり通例は一泊ごとに荷物をまとめて次の町へ向かうといった慌ただしい計画を立てがちで、体力の劣るわたしのほうが途中で音を上げることになる。基本的に、行くべきところにはぜんぶ行きたい、見るべきものはぜんぶ見尽くしたい、名物料理はことごとく賞味し尽くしたいというタイプの女性なのだ。ところがこのミャンマー旅行はどういう気紛れからか、のんびりのほうの気性が勝ったのか、「滞在型」の旅にしてくれて、二泊、三泊と同じホテルで軀(からだ)を伸ばせたのはわたしにとっては有難かった。わたしたちもいつの間にか老夫婦になりつつあるということか。

かつてはラングーンと呼ばれていたヤンゴンは、宗主国だった英国が近代的な都市計画に基づいて整備した町だから、大小の道路が碁盤目状に四通しているという幾何学的な構造で、バンコクやハノイやプノンペンなどに比べても、風景にもう一つ情緒に乏しいところがある。ぶらぶら歩きの快楽も味わいにくい。しかし黄金色にまばゆく輝く壮麗なシュエダゴォン・パヤー（「パヤー」は仏塔の意）をはじめ、興味深い見どころには事欠かず、二日間はあっという間に過ぎ去った。

その後、ヤンゴン空港を発ってインレー湖の北西にあるヘーホー空港へ着き、湖畔のオーリアム・パレスというリゾートホテルに荷を解いた。これは全室コテージ形式で、最初に通されたのは湖を見おろす高台のコテージだったが、いくばくかの割り増し料金を払って湖岸のきわのコテージに移らせてもらうことにした。それは湖岸というより水中に支柱を立ててもう半ば湖のなかに建っており、ベランダに出ると広大なインレー湖の眺めがいきなり広がっている。

日没の光景は息を呑むような美しさだった。対岸の向こうに見える山並みのうえの空、山並み自体、そして湖面、そのそれぞれ異なった色合いが、太陽が没してゆくにつれて刻々移り変わってゆく。湖面の色も一様ではなく、水深や水棲植物の分布によるのか、近景から遠景まで微妙なグラデーションをなし、また浮き島も点々としているので、金茶色の一帯がありまた妙に蒼黒い一帯があったりもする。太陽が没しきった後、頭上は完全な夜空になってあまたの星が輝き出しているのに、地平線から湖面にかけてはそれでもまだ日の名残りの耀いが揺曳していて、紫とも赤とも黄ともつかない薄ら明かりが広がっている。陽射しが黄昏の色になり水景が薄赤く染まり出した瞬間から、すべてが夜の闇に沈みこむまで、一時間ほども経過していただろうか。その間わたしたちはぽつりぽつりと言葉を交わすだけで、ただ茫然として光の饗宴に見入っていた。

そこには三泊したので、湖近郊の幾つかのパヤー、僧院、ワイナリー、伝統工芸品の工房、浮き島にあるインダー族（この湖周辺に生活する民族）の水上村などを、ガイドを雇ってのんびり見て回った。インダー族の漁師は細長い小舟の船尾に立ったまま片足をかけ、もう一方の足をオールに巻きつけるようにして器用に漕ぐ。両手が自由になるということのほかに、立った姿勢から見下ろすと、葦や浮き草――インレー湖は水深が浅いのでそれらが多い――を透かして水中を覗きこめるという利点があるそうだ。実際、そうした独特の漕法で網を投げている漁師たちの姿が湖上のあちこちにちらほらして、エンジンボートで走ってゆくわたしたちがカメラを向けると、ちょっと軀を静止させて笑顔になってくれたりする。あれは役所から日当を貰って観光客用に伝統漕法を演じている、アルバイトの人たちなんじゃないのかな、などという意地の悪い冗談をわたしたちは囁き合ったが、もちろんこれは邪推というものだろう。

インレー湖東岸に位置するオーリアム・パレスの住所はニャウンシュエだが、ニャウンシュエの町じたいは、南北に細長いインレー湖の北東の端の、かなり離れたところにあり、わたしたちは自転車を借りてそこにも遊びに行った。強い陽射しを浴びながら湖岸の道路を四十分ほども漕いでいかねばならず、それですっかりばててしまったせいか、ニャウンシュエにはあまり深い印象は残っていない。市場を冷やかした後、文化博物館を見物した。シャン（このあたり一帯の地方名）の藩王でビルマ初の大統領を務めた、サオ・シュエ・タイという人の屋敷が博物館になっていて、藩王家の衣裳や調度品が展示されている。高さが三メートルを超える竹製の仏像が珍しく、しかし何やら不気味である。それら展示品よりむしろ巨大な木造建築の建物じたいのほうが面白かった。町中に戻って冷房の効いたカフェでコーラを飲み、軀を冷やしてから、また自転車をえっちらおっちら漕いでホテルに帰ってきた。

冷淡なようだが、ニャウンシュエの町の話はこれで終わりだ。どうやらそれは「わたしが行ったさびしい町」の範疇には属さないようである。では、なぜこの文章を書いているのかと反問されるだろうが、わたしが書いておきたいことは実はこの先にある。

オーリアム・パレスはかなり格の高いリゾートホテルで、レストランも高級な仕様である。最初の晩、わたしたちはそこで夕飯を食べたのだが、民族衣裳を着た給仕の女性がひと皿ごとしずしずと運んでくる、そのものものしさと気取りように、少々音を上げてしまった。湖で獲れた魚のシャンふう包み蒸しなど本当に美味しいし、値段も高いは高いが目の玉が飛び出るほどというわけでもない。ただ、何人もの給仕係が周りにぐるりと控えていて、グラスのワインが減ったと見るやただちに注ぎ足しにくる、料理を食べ終わったと見るやただちにさっと下げてゆく、そのつどフロア・マネージャーらしい人がお味はいかがでしたかといちいち訊きにくる、至れり尽くせりとも言えるその懇切なもてなしようが、しかし当方にはかえって気ぶっせいで、何か絶えず監視されているようでもあり、落ち着いた気持ちで食事を楽しめない。シーズンオフで客が少なく、従業員の人手が余ってみな暇だったのかもしれない。というより、たんにわたしも家内も貧乏性で、人からサービスを受けるのに慣れていないというだけのことか。

そこで、二晩目はどこか外で夕食をとろうという話になったのだが、前述の通り、このインレー湖東岸はホテルが立ち並んでいるだけのリゾート地区で、町中からは遠く、手近なレストランなどまったく見当たらない。タクシーを呼んでニャウンシュエの町まで行くことはできるが、それも馬鹿々々しいだろう。では、せめて気分を変えるために湖岸に並ぶ別のホテルの食堂へ行ってみようという話になった。

夕暮れが迫る頃、ホテルの敷地の外へ出て、道路をぶらぶらと歩いてゆく。二百メートルほど行くとアナンタ・インレーという中級ホテルがあり、外から覗いてみると、フロントがすぐ正面にあり、ご飯だけ食べにきましたというのも何だか憚られるような気がしたので、そこは通り過ぎてさらに先に行く。次にあるのは新しく建ったらしいノヴォテル・インレー・レイクで、これは格としてはかなりの高級ホテルだ。ここのレストランでは結局オーリアム・パレスと同じようなことになるかなという危惧があったが、ともかく敷地に入って、大小の建物やバンガロー群の間を抜けてゆくと、湖岸のきわに軽食を供するテラスがあり、そこが非常に気持ちのよい場所だった。わたしたちはマティーニを啜りチーズを齧りながら、前日も堪能したあの落日の光景の一部始終を、今日もまた満喫することができた。すべてが夜の闇に包まれた後、ほろ酔い気分ですぐ隣に付設されているレストランに入り、もったいぶったところのまったくない親切な女性に給仕されて夕飯を食べた。そして、良かったねと言い合いながらノヴォテルを出て、自分たちのホテルに向かって帰途についた。

さて、たいへん長くなってしまったがここまでは実は前置きで、わたしが本当に書きたかったのは、歩いてほんの十五分かそこらの、その帰り道での出来事なのだ。

出来事と言っても、大したことが起きたわけではない。単調な直線道路のきわをてくてく歩いてゆく。往きはまだやっと夕闇が広がりはじめたといった時刻だったが、帰りはもうすっかり夜である。ときおり車やオートバイが通るが、通行人など人っ子一人いない夜道である。車が通り過ぎると静寂が戻ってくるが、その静寂を破ってどこか遠くから、拡声器で流しているのだろう、歌うような抑揚をつけたお祈りの声が伝わってくる。街灯はあるけれどその間隔はきわめて広く、街灯と街灯の間の部分は暗闇に沈みこんでいる。ただ、下弦の月が煌々とした光を降りそそいでいるので、その暗闇じたいが鈍くほんのり輝いているとでもいった、何か不思議な明るみがあたりを領していて、何か異界染みた非日常感、非現実感が空間に漲っている。食前酒のマティーニに加えてワインもけっこう飲んだので、わたしたちは自分たちで思っているより酔っていたのかもしれない。

荷台にぎゅうぎゅう詰めに人を載せた小型トラックが通過して、何となく人相の悪いその人々が、けわしい視線でわたしたちを睨んでいったようでもある。こっちの気のせいだろうが、気持ちが浮き足立っていると何かと悪い想像が働くものだ。ミャンマーのこのあたりは政情が安定していて治安も良いはずだが、強盗か追い剝ぎに絶対に遭わないという保証があるわけでもない。見るからに観光客然としたわたしたちは、性(たち)の悪い連中の目にはカモネギとしか映るまい。このあたりでは外国人観光客はふつう、日が落ちた後はもう自分の泊まっているホテルの敷地の外をうろうろ出歩いたりしないはずなのだ。

そんなかすかな怯え、危惧があり、しかしその一方、旅の途上の身の上の心許なさという か不安定感と、月の光の透きとおったけざやかさとの相乗効果だろうか、何か現実離れした心の浮き立ちようもあり、わたしはだんだん寂寥感と恍惚感がないまぜになったような、妙な気分になってきた。それはさびしい道だった。そのさびしい道をとぼとぼ歩いていきながら不意に甦ってきた、とある一夜の思い出があり、ほら、いつだか加計呂麻(かけろま)でさ……とわたしはふと呟いてみた。それだけですぐに話が通じて、ああ、「月夜のでんしんばしら」ね、と傍らの家内が応じてくれた。

奄美大島の名瀬について書いたとき積み残しになっていた話柄にここで触れられるのが嬉しい。大島に接するように位置していて、十五分ほどフェリーに乗れば渡れる加計呂麻島のペンションに、いつだかわたしたちは泊まったことがある。あれはもう十五年か二十年前のことになろうか。加計呂麻島の呑之浦（のみのうら）には島尾敏雄ゆかりの第十八震洋隊特攻基地跡があるが、とくに島尾の愛読者ではないわたしにしてみると、この島は何よりもまず、何か玄妙な空気が流れている不思議な場所として感得されたものだ。その空気を呼吸しているうちに、大袈裟な物言いになるが、ふだん身を置いている現実の外へふと魂がさまよい出てしまうような気持ちにさえ襲われる。あれはいったい何なのか。

あのとき泊まったのもやはりコテージ形式の宿だったような気がするが、かなり夜が更けてから何だか手持ち無沙汰になったわたしたちは、ちょっと散歩してみようかという話になり、あたりに店も何もない夜道にさまよい出たのだった。しんとした静寂、ぽつんぽつんともった街灯、月の光（あのときは満月だったのではないか）……ひと気のない田舎道をあてどなく歩きながら、わたしはふと宮澤賢治の「月夜のでんしんばしら」を思い出して、その話をしたのだった。

鉄道線路のきわに並んでいる電信柱がいっせいに行軍を始めるという、例の童話である。「九日の月がそらにかゝつてゐました。そしてうろこ雲が空いつぱいでした。うろこぐもはみんな、もう月のひかりがはらわたの底までもしみとほつてよろよろするといふふうでした。その雲のすきまからときどき冷たい星がぴつかりぴつかり顔をだしました」（「月夜のでんしんばしら」）。そんな夜には、どんな異常な、超自然的なことでも起こりかねない。どうということもない平凡な物体にいきなり生命が宿り、こゆるぎして歩き出す。「さつきから線路の左がはで、ぐわあん、ぐわあんとうなつてゐたでんしんばしらの列が大威張りで一ぺんに北のはうへ歩きだしました。みんな六つの瀬戸ものゝエボレツトを飾り、てつぺんにはりがねの槍をつけた亜鉛のしやつぽをかぶつて、片脚でひよいひよいやつて行くのです」。

電信柱たちの「うなり」はだんだん高まって、いつの間にか「いかにも昔ふうの立派な軍歌」に変わっている。「ドツテテドツテテ、ドツテテド、／でんしんばしらのぐんたいは／はやさせかいにたぐひなし／ドツテテドツテテ、ドツテテド／でんしんばしらのぐんたいは／きりつせかいにならびなし。」周知のように賢治の擬音の使用は天才的と言うほかないが、この「ドツテテドツテテ、ドツテテド」もむろんその代表的な一例である。

賢治は「『注文の多い料理店』序」で、「これらのわたくしのおはなしは、みんな林や野はらや鉄道線路やらで、虹や月あかりからもらつてきたのです」と言い、「ほんたうに、かしはばやしの青い夕方を、ひとりで通りかかつたり、十一月の山の風のなかに、ふるえながら立つたりしますと、もうどうしてもこんな気がしてしかたないのです。ほんたうにもう、どうしてもこんなことがあるやうでしかたないといふことを、わたくしはそのとほり書いたまでです」と続けている。まったくその通りだったのだろうと思う。自然との間にこれほど透明で無媒介的なコミュニケーションの回路を開く異能は、しかしわたしにはもちろん残念ながらほとんど無縁である。そんなひりつくように鋭敏な感受性を持っているというのも、当人にとっては案外辛いものがあるのではないかという気もするが、とにかくああいう途方もない異形の天才と比べたとき、そんな恩寵からわたしが見放されているのは明らかだ。

しかし、「ほんたうにもう、どうしてもこんなことがあるやうでしかたないといふこと」が、何かの予兆のように、あるいは決して想起できない記憶の唐突な蘇生のように、わたしの軀を一瞬掠めて吹き過ぎてゆくということが、時としてないでもない。賢治のようにそれを見て、聴いて、体感することなどできないし、ましてや言葉にすることもできないが、ともかく「何か」が、ただ束の間の感触としてわたしの皮膚をさっと撫でてたちまち消えてゆく。そうしたことがたしかにあるのだ。月の光が煌々と降りそそぐなか、加計呂麻島の田舎道でわたしの身に起きたのはそうしたことだった。「かしはばやしの青い夕方を、ひとりで通りかかつたり、十一月の山の風のなかに、ふるえながら立つたり」していたときの賢治がさびしかったように、わたしもまたさびしかった。そういうことだったのだと思う。そしてそのさびしさを噛み締めながら、読み返すたびに惻々と怖くてたまらなくなる賢治の名篇をふと思い出し、つたない言葉でその連想のゆえんを何とか家内に伝えようとしたのだと思う。家内はそれを覚えていてくれた。

ちなみに賢治の童話が微笑ましい童心をほのぼのと描いたといったたぐいのものではなく、どれもこれもぞっとするような恐怖譚であることは言うまでもない。あるいは、そもそも童心とは本質的に残酷で怖いものなのだと言うべきか。

十五年まえだか二十年だかもわからないその一刻の記憶が、ミャンマーの観光地の夜更けの道路で不意に浮上し、かくして人生のある一瞬と別の一瞬とが、かなりの長さの歳月を無化していきなり連結した。それは何かとても不思議な出来事のように思われた。と同時に、いつだか加計呂麻でさ……とひとこと呟いただけでわたしの気持ちがただちに伝わり、同じ連結が家内の心にも起こったことにも、わたしは淡い感動を覚えずにはいられなかった。かつてあのとき、わたしがさびしかったように彼女もさびしかったのだろう。そして今もまた、わたしがさびしいように彼女もさびしい。しかしわたしたちはそのさびしさを共有することができる。その共有を可能にしてくれた媒介が宮澤賢治の一篇の童話だったとすれば、それこそまさに文学作品というものの持ちうる最高の功徳と価値の証しではないか。

今回は「さびしい町」ではなく、「さびしい道」の話になってしまったことに恐縮している。そのさびしい道を歩き通し、むろん何事もなくオーリアム・パレスに帰り着き、水上に架かった橋を渡って自室のコテージに戻ると、東京の沼野充義からメールが届いていた。彼の知人のワルシャワ大学の誰かが小説家の川上弘美と連絡を取りたがっているのだが、アドレスを知らないかという問い合わせだった。iPad の着信履歴を探してみたら彼の求めている情報が案外簡単に見つかったので、それを伝える返事のメールを書きながら、今インレー湖のほとりのホテルにいるんだよと付け加えておく。すると返事の返事が即座に来て、ミャンマー旅行ですか、お元気ですね、と呆れたように書いてある。沼野はもちろん、わたしはてっきり東京にいるものと思いこんでいたわけだ。ワルシャワと東京とニャウンシュエとの間に瞬時にメールが行き交って、ミニマムな情報ネットワークが成立してしまう事態を思うと、何だか頭がくらくらする。まことに妙な時代になったものである。

タクナ

との次第はこうだ。

一九八九年秋、わたしはアメリカのアイオワ・シティで三か月余り過ごすことになった。アイオワ州立大学の名物の、外国から作家や詩人を呼ぶ例のクリエイティヴ・ライティング・プログラムというやつに参加することになったのだ。この招待の仲介をしてくれたのは吉増剛造さんで、わたしの人生はその節目々々で吉増さんからずいぶんの恩義を受けてきたと改めてつくづく思うが、その話はまあどうでもよい。いやどうでもよくはないが、ここで語りたいことの本筋とは関係ない。ただ、詩人として朗読したりワークショップを主宰したりするだけで済んだのであればどんなにかよかったのに、招待の話が進行する過程で、おまえは大学教授でもあるらしいから、ジャパノロジスト志望の学生向けに日本の現代詩と映画についての講義もしろと言われ、ついうかうかと引き受けてしまったのが運の尽きだった。ずいぶんのノルマを課され、当地に着いてからえらく苦労することになって後悔したが、その話もまあどうでもよい。

　ともかくそういう次第で、アイオワ・シティに九月の何日だかまでに来るように言われた。そこで、日本で勤務していた大学も八月は夏休みで、時間はあるのだから――往時の大学教員がどれほど暇だったかを思い出すと隔世の感があり、懐かしさが込み上げてくる――、せっかくのことなら少々早めに日本を発ち、まず西海岸に着いて、そこで自動車を調達し、二、三週間かけてアイオワ州までゆっくりドライブしていったら面白かろうという計画を立てた。アイオワ大学でのプログラムが終われば、今度はそのまま東海岸めざしてドライブを続け、ニューヨークに着いたらそこで車を処分し、ケネディ空港から飛行機で帰国すればよい。かくして北アメリカ大陸の丸々全体を、ずっと地べたを伝いつつ西から東まで横断することになる。これは痛快ではないか。同世代の多くの日本人と共有している体験だと思うが、一九六〇年代、わたしは『ルート66』とか『逃亡者』といったテレビドラマのシリーズに熱中し、アメリカという国の野放図な広さとそれゆえの自由の感覚への憧れで胸を熱くしていた小学生だった。ブラウン管テレビの画面が白黒だった時代である。

　家内はパリで小学校に通っていた人なのでそうした憧れなどまったくなく、なのにそんなわたしの夢想に強引に巻きこんでしまったのは少々気の毒だったかもしれないが、結論から言えば、この計画は何とかかんとか実現しおおせた。サンフランシスコで中古車を買い、そこから走り出して、国道66号線はもう廃線になっていたものの、その痕跡には多少触れつつ、中西部の小さな大学町まで辿り着いた。そして、年末の押し詰まった頃、アイオワでの生活を畳んで、ニューヨークをめざすドライブ旅行にまた出立した。この連載の第一回で触れたナイアガラ・フォールズでの体験は、アメリカ横断旅行のこの後半部分で起きた出来事で、かくして話が繋がることになるが、これはわたしが行ったさびしい町々をそのつど点描しつつ書き継いでいるだけの連載なので、話を繋げようという気持ちは実はまったくない。

だから、家内とわたしで代わる代わる運転して、サンフランシスコからパシフィック・コースト・ハイウェイを南下し、モントレーで水族館を見物し、クリント・イーストウッドが市長を辞めたばかりのカーメルを過ぎ、ロサンジェルスのグリフィス天文台ではニコラス・レイの『理由なき反抗』に思いを馳せ、サンディエゴの小洒落たラホヤ地区をぶらぶら散歩し——等々といった様々な出来事を、一本の線に繋いで紀行を書く気はない。そもそもそのための紙幅もない。ここで語りたいのはただ、タクナのことだけだ。タクナはアリゾナ州の小さな町である。

サンディエゴはもう国境のきわの町だから、多くの観光客がするようにわたしたちも、話の種にと、ものものしさのまったくない国境をちょいとばかり越えてメキシコのティファナへ遊びに行き、昼食をとってまた戻ってきたりした。そしてサンディエゴを発って、いよいよ太平洋に別れを告げ、大陸の内奥へと入っていった。州境を越えてアリゾナ州に入り、ユマを過ぎると次の大きな町はフェニックスである。フェニックスかさらに先のツーソンか、そのどちらかまで行って宿をとろうという漠然とした計画だったのだと思う。ところが、ユマを出てしばらく行ったあたりで、少しばかり車から離れ（ガソリンスタンドで飲み物でも買ったのだったか、車を停めて風景の写真でも撮ろうとしたのだったか、まったく覚えていない)、戻ってみると、車体の後部の真下に何か黒々とした液体の小さな溜まりが出来ているのに気づいた。これがかなりまずい事態であろうというのは、わたしのような素人の目にも明らかだ。サンディエゴまではそんなことはなかったのだから、ここととサンディエゴの間のどこかで始まった現象に違いない。

わたしたちにこの真っ赤なフォード・マスタングを売りつけたサンフランシスコの中古車ディーラー——プロレスラーのような体つきの、見るからにお人好し然とした中年男——が、顔中いっぱいに浮かべていた、にんまりした大きな笑みが脳裡に甦ってきた。あん畜生、とわたしは思った。アメリカらしく、フォー・レター・ワードでも吐き散らしたいところである。車の見かけのよさに幻惑され、口先上手に丸めこまれ、イカモノをつかまされたのだ。もちろん、走行距離が相当行っている年代物であることは承知のうえだった。しかし、車体の外見は疵一つなくぴかぴかに磨き上げられているので、内部のメカもそれに相応する程度に念入りに整備されているものと、てっきり思いこんでしまったのだ。というか、そうまくし立てるうわべは善人ふうのレスラー氏の言葉を、無邪気な子供のようにそのまま信じこんでしまったのだ。きっとあちこちがたの来かけているメカには手をつけず、塗装だけに金をかけ、それに目が眩んでつい買ってしまうおっちょこちょい——わたしのような——が現われるのを、手ぐすね引いて待ち受けていたに違いない。けっこう見栄えがする車なのにずいぶん安いなと思ったものだが、安いには安いだけの理由があったのだ。

乗りこんでキーを回してみるとエンジンはかかる。クラッチを繫いでアクセルを踏んでみると、ここまでと変わりなく滑らかに走り出す。しかし、あんなものが漏れているようではいつ何時エンコするかわかったものではない。さあ、どうしよう。ユマにいるときこれがわかっていたらまだしもよかったのに、すでにアリゾナ州の南西端に入っていて、どういうルートを辿ったのかよく覚えていないが、インターステート（州間高速道路）からはもう外れていたのだろう、そこは片側一車線の田舎道で、あたりにはほとんど人家もなく、両側には荒漠とした風景が広がっている。このまま走らせていって、人家も何も完全に絶えてしまった荒野のまっただなかで車が動かなくなったら、本当に困ったことになる。もちろん携帯電話など存在しない——存在していただろうが一般化していない——時代の話である。

ともかく修理屋に見せなければなるまい。誰に訊いたのか、どこをどう走らせたのかはまったく覚えていないが、そこからほど近いところにわたしたちは何とかかんとか修理工場を見つけた。廃車置き場ともつかぬ小汚いガレージだったが、そこを一人で切り盛りしているらしい兄（あん）ちゃんは、言葉遣いは乱暴だが案外実直で親切そうではあった。どこがどう悪いというのだったか忘れたが、ともかく何かの部品を交換する必要があり、その部品は今手持ちがない、フェニックスから取り寄せなければならない、と言う。このまんま何とか走らせて、フェニックスまで辿り着けないかな、途中で動かなくなっちゃうかな、と訊いてみると、Well, I don't know...と呟いて頭を搔いている。じゃあ、その部品を取り寄せてもらうとすると、それはいつ頃来るのかな。さあねえ、今すぐ電話で注文するとしても、今日はもう無理だよ。

明日になるな。ひょっとしたら明後日になっちゃうかな。

仕方ない。ここは最大限の安全策を講じるに如くはあるまい。わたしたちはその修理工場の近くにモーテルを見つけ、そこに荷を解いて、交換部品が届いて車が直るのを待つことにした。町と言えるほどの体裁をなしてはいないが、ともかくそこは修理工場やモーテルがあり、人家もある程度固まって建っている場所ではあった。そこがタクナだった。そして、わたしたちはそのタクナの安モーテルに結局、三泊する羽目に陥ったのである。

今、USA版「ウィキペディア」のTacnaの項目を見てみると、「ユマ郡のCDP（census-designated place）の一つ」と書いてある。「国勢調査指定地域」というのは、合衆国統計局の統計上の報告のために便宜上作られた地方区分の呼び名で、市でも町でも村でもなく、だから市役所だの役場だの市町村議会だのといった機関を持ってもいない。その国勢調査によるなら、二〇〇〇年度のタクナの人口は五百五十五人、二〇一〇年度は六百二人だというが、この数字だけでもタクナがどれほどさびしい町かは自明だろう。制度上は町でさえないわけだが、ここではとりあえずタクナの町と呼ばせてもらう。

本当に、何もない町だった。モーテルがあったのが奇蹟的と言ってもいいくらいだった。そこでどう生き延びるか。喫緊の問題は食事だが、レストランというよりはむしろ、多少の料理も出さないわけでもないバーあるいはサルーンとでも言うべきおんぼろの店が一軒だけあり、わたしたちはそこのお世話になるほかはなかった。わたしたち夫婦——ただたどしい英語を喋る若い東洋人のカップル——が扉を押して初めてその店へ入っていったとき、カウンターに向かって横一列に並んで座っていた四、五人の男たちが、それまでカウンターのなかの主人も交えて続けていた談笑をぴたりと止め、いっせいにこちらを振り向いた。こいつらいったい何しに来たんだ?――という無言の疑問文が、大きなバルーンになって店内の空気中に突然出現したかのようだった。最初のうち押し黙って困惑と猜疑の視線を向けてくるばかりだった彼らが、そう悪い人たちでないことはすぐにわかったが、わたしたちの居心地の悪さがそれで完全に消えるわけではなかった。そうかい、車が故障して、それであんたらこの町で立ち往生しちゃったってわけかい。「立ち往生した (stuck)」という単語をそのとき初めて覚えたものだ。そこで出してくれる食べものと言えば、Tボーン・ステーキかハンバーガー、それにもちろん決まりきった付け合わせのフレンチ・フライ、そんなものだったと思う。仕方ない。わたしたちは四日間、それを代わる代わる食べつづけるほかなかった。あとは食料品店で何やかや調達していたのだったか。

朝陽が昇り、どんどん気温が上がって昼になり、やがて陽が翳って夜になり、すると結構寒いくらいになる。もうすでに太平洋岸とは一変して、砂漠性の気候の土地だった。正午少し前頃、修理工場へ行って、午前中のうちに部品は届いたかと訊いてみる。まだだよ、という返事。夕方近く、また行って、午後の間に届かなかったのかと訊いてみる。いやいや、という返事。それを三泊四日にわたって繰り返したわけだ。もっとも、モーテルにいて無聊をかこつのにもうんざりしていたから、淡い期待を抱いて部品到着の有無を修理工場まで訊きにゆくのは、ちょっとした気晴らしにはなった。

モーテルは鉄道線路のすぐきわに建っていた。といっても、往来する列車はまったくないので、廃線なのかと最初のうちは思っていたのだが、朝に一回、夕方に一回、貨車を沢山連ねた長い長い貨物列車ががたんごとん、がたんごとんとゆっくりした速度で通過するのだった。一回だけ、そのうちの十数両ほどにわたる無蓋の貨車に、一両に一台ずつ、戦車が積まれていたのには驚いた。戦車、戦車、戦車……つい目と鼻の先を十数台の戦車の列が横切ってゆく。わたしも家内も、戦車というものをあれほど近くから目撃するのは初めてだったので目を丸くした。あの線路は軍事基地にでも通じていたのだろうか。

無聊をかこつと言ったが、実際、わたしたちはあの四日間何をしていたのだろう。家内は何一つ覚えていないという。わたしが覚えているのは、冷房の効いたモーテルの薄暗い室内でベッドに寝転んで、岩波文庫のクロード・ベルナール『実験医学序説』を読んでいたこと（安モーテルなりに、曲がりなりにもちょっとしたテラスのような空間が部屋の外にしつらえてあり、デッキチェアも置いてあったが、そこで本を読むには陽射しが強すぎた）、それと、一九世紀の写真家マイブリッジの二冊の写真集、『運動する人体』と『運動する動物』をひたすら眺めていたことだけだ。マイブリッジの本は日本ではどうしても手に入らなかったので、この大判の二冊をサンフランシスコの本屋で見つけたときは本当に嬉しかったものである。「実験医学」の概念と「運動表象」の問題——それから十年以上も経ってやっと『表象と倒錯——エティエンヌ＝ジュール・マレー』（筑摩書房、二〇〇一年刊）として完成することになる仕事の準備を、この頃から少しずつ始めていたわけだ。

それにしても、アリゾナ州のモーテルで前世紀のフランス人生理学者の書いた科学方法論のテクストを読むというのは、何とも奇妙な体験だった。一方、サンフランシスコ在住だったマイブリッジの写真に付き合って時間を過ごすことにはそんな違和感はなかったが、ただ、踊る女や疾駆する馬を撮った彼の連続写真が今でもふと目に入ると、わたしは条件反射のようにあのタクナのモーテルのぎしぎし軋む安ベッドの感触を思い出してしまう。

悪い予感が当たって、修理屋の兄ちゃんが「明後日」と言った、その当日の午後になっても部品は届かなかった。わたしたちはいったいどうなるのだろうか。タクナのモーテルにいつまでも泊まりつづけ、一日に二回、部品は届いたかと訊きにいき、そのつど否定の答えを返され、ステーキとハンバーグを毎日代わる代わる食べ、やがて月日は流れ、わたしたちはだんだん年老いてゆく……。ときたま戦車を積んだ貨物列車がわたしたちの前を轟々と通り過ぎてゆく……。どこかで戦争でも始まったのだろうか……。さらに歳月が経過し、饐えたにおいのするモーテルのベッドで、老いさらばえたわたしは今や死の床にある……。誰かが枕元に身をかがめてきた気配があり、脂だらけの目をうっすら開いてみると、こちらもまたよぼよぼの老人になっている修理工場の兄ちゃんが、嬉しそうな笑顔を老斑の浮いたわたしの顔に近寄せてくる……。すっかり耳の遠くなったわたしの耳元に口をつけ、彼は声を張り上げて言う、「部品が届きました、ついに部品が届きましたよ、ミスター・マツウラ！　あんたの車はこれでもう、ものの十五分もあれば修理できますよ、よかったですね！」……。わたしはかすかに頷き、またゆっくりと目を瞑っていきながら、数年前に隣りのベッドで死んでいった家内がこれを聞いたらどんなに喜んだろう、と考える……。幸いそんなディーノ・ブッツァーティの不条理小説のようなことにはならず、一日延びたがその次の日には部品は届いて車は直り、わたしたちは荷作りしてモーテルを引き払い、フェニックスへ向かった。

あの四日間はまことに不思議な時間だった。不運（というか、もとはと言えばわたしの軽率に由来するへまなのだが）に見舞われ、貴重な時日を無駄にしてしまった、ただただわびしいだけのつまらない町で中身の空疎な四日間を過ごしてしまったと、苛立たしい後悔を噛み締めているかと言えば、実はそうでもない。そんな思いが当時まったくなかったと言えば嘘になるが、少し月日が経つうちに、負け惜しみではなくあれはあれで実に面白い体験をしたという感想が残ることになった。空疎な時間と言うが、空疎とは何で充実とは何なのか、六十五歳というこの年齢になってみればもうよくわからなくなってしまったからでもある。結局、空疎も充実もないのだ、時間はただ流れてゆくだけだ。

かんかん照りのタクナの道路を、参ったなと心中で呟きながらとろとろと歩いている当時のわたし自身を、今わたしは思い浮かべてみる。思い浮かべられたあのわたしから思い浮かべているこのわたしまで、意識は完全に地続きで、歳月の持続を貫通して自我は同一なものでありつづけている。少なくともそう感じられる。ところがその一方、タクナで動けなくなって往生しているあいつは、以後経過する三十年の歳月の間に自分の身にどんなことが起きるか、まったく知らないのだ。それは何かとても不思議なことのように思われる。

人生のひと山、ふた山を越えてきたような気でいるんだろうが、いやあどうして、この先もけっこう大変だぜ、長丁場だからな、とわたしはそいつに小声で話しかけてやりたい気持ちになる。以後の三十年などと大袈裟に話を広げずず、そのアメリカ横断のドライブだけにかぎって言っても、旅は始まったばかりで、フェニックス以降、まだまだけっこういろんなことが起きるぜ。楽しいこと、悲しいこと、苦しいこと、トラブル、興奮、幻滅、歓喜、思いがけない僥倖……。ともかく、健康に気をつけて、いつも明るい前向きな気持ちを保つことだ、頑張れよな、と呟いてわたしは想像のなかでそいつの肩をぽんと叩いてやる。愚行、失敗もいろいろ繰り返すだろうが、あんまり気にするな。やらないで後悔するよりはやって後悔するほうがいいというのは、人生の至高の真理だから。大概のことは、時間が経つうちに何となく片がついてゆくものだよ。じゃあ、元気で、Good luck!

上野

三重県伊賀の上野ではなく東京台東区の上野である。これは通りすがりの町ではない。言ってみれば、地元である。住まいが台東区から離れてもう半世紀も経ってしまったが、それでもわたしの意識のなかで上野は依然としてわたしの地元である。

「花の雲鐘は上野か浅草歟（か）」という芭蕉の句は子供の頃から知っていた。そう言うと、俳諧などの知識がある妙にませた子供だったのかと思われかねないが、なに、タネを明かしてみれば簡単で、小学生の頃何かというとよく歌わされた「台東区の歌」が先にあったのだ。あまりにしばしば歌わされたので、半世紀以上経った今でも間違えずにすらすら歌えるその元気のよい歌の一番は、

鐘は上野か　さくらに蓮に　文化の花も　さき競う
大慈大悲の　ひかりをうけて　月も清かれ　隅田の流れよ

下谷浅草　道ひろびろと　つづく町並み　にぎやかに
（作詞・土岐善麿／作曲・渡辺浦人）

というものだ。今の台東区のホームページにも三番までの歌詞がぜんぶ掲げられているから、まだ生きている歌なのだろう。名歌だと思う。歌詞も良いが曲も良い。覚えやすく親しみやすい、単純な旋律が耳に快い。こんなに長い空白を経た今でも何も見ずに歌えるほど軀に染みついてしまっているのは、この明るい向日性の旋律のおかげでもあろう。

冒頭の「鐘は上野か」が芭蕉の句から来ていると教わって、それで「鐘は上野か浅草歟」も知識として自然に頭に入ってきたのだと思う。恐らく「大慈大悲の　ひかりをうけて」の説明も受けたのだろうが、小学生の頭で理解できたはずはあるまい（もっとも正直なところ、「大慈大悲」が何を意味するのか本当は今でもよくわかっていないが）。

芭蕉の「鐘は上野か浅草歟」がとりわけ印象深く記憶に刻みこまれたのは、台東区のなかでもわたしが生まれ育った竹町——湯桶読みで「たけちょう」と読み、消えてしまった町名だが、現在の台東区台東二〜四丁目に当たる——がたまたま上野と浅草という二つの盛り場のちょうど中間あたりに位置していたという、地理的条件にもよるのかもしれない。家族で外食でもしようかという話になるとき、上野公園や不忍池をぶらついてからとんかつなり、朝鮮焼肉屋が集まっている一角で焼肉なりを食べるか、それとも浅草寺にお参りに行ってから鮨なりお好み焼きなりを食べるか、つまり「上野か浅草か」というのは、家庭でよくのぼる日常的な話題だったからである。

西へ行けば上野、東へ行けば浅草で、どちらも近い。その「近さ」から「上野か浅草か」という選択の問題がおのずと生じる。早呑込みで、芭蕉の句も長いことそんなふうに理解していたものだ。この句の趣意が「近さ」ではなく「遠さ」にあると知って、目から鱗が落ちるような思いをしたのは、恥ずかしながら大人になって、それもかなりの歳月が経ってからのことである。

俳諧の宗匠を辞めて深川村に庵を構えた芭蕉には、都の中心からずいぶん外れた、鄙(ひな)の一隅に隠棲してしまったものだなという感慨があった。雲とも見紛う賑やかな桜の花盛りを透かして、鐘の音が響いてくるが、あれは上野の寛永寺で撞いているのだろうか、それとも浅草の浅草寺だろうか。芭蕉庵から見ると前者は北北西、後者はほぼ真北で、方角を聴き分けることはたしかに難しかったろう。その「聴き分けにくさ」がそのまま、都の盛り場の賑わいから今や自分はこんなにも遠ざかってしまったのだな、という詠嘆に通じる。職業的な点者生活を棄てた自分にとって、上野も浅草も、すなわち江戸市中での浮き世の生はもはや「遠い」、というのがこの句の要点なのだ。三十七歳での隠退は当時としても例外的に若かったろうが、この「遠さ」を世を棄てた風狂人の宿命として引き受けよう、と芭蕉は密かな自負を籠めて呟いている。昭和三十年代の小学生にそんな感慨など、むろんわかろうはずもなかった。

ところで、「上野か浅草か」の選択の話に戻るなら、わたしが好きだったのは断然上野のほうだった。父方の叔母の一人が仲見世の小間物屋の若主人に嫁いだということもあり（お姑さんが難しい人で苦労したらしい）、縁が深いのはどちらかと言えば浅草のほうだったが、浅草の空気は当時から今と同様、基本的に「観光的」で、物見高い一見さんたち、ご新規さんたちでひしめき合っており、ふつうの町という感じはあまりない。そこへ行くと上野はふつうの町だった。すなわちどこかさびしいところのある町だった。だから好きだったのだと思う。

盛り場、繁華街と言えばもう一つ、ちょっと足を延ばせば天下の銀座があるけれど、これはもうふつうをはるかに超えた別格だった。「文明」「西洋」「近代」のシンボルである銀座は、よそ行きの恰好で——と言っても必ずしも身なりそれ自体の問題ではなく、むしろ心理的にという意味だが——出かけてゆく町だった。日比谷映画やスカラ座やみゆき座に、総天然色・シネマスコープの洋画の封切りを見にゆく町だった。

それで言うなら、上野はふだん着でふらりと行ってぶらぶら歩きができる町だった。基本的には今でも相変わらずそうだと思う。チョコレートパフェやホットケーキを食べに連れていってもらうのが楽しみだった永藤（ながふじ）のパーラーがいつなくなってしまったのか、赤札堂がＡＢＡＢなどという小洒落たハイカラな名前にいつ変わってしまったのか、上野公園下の広場に面した漫画映画専門の小さな映画館——アニメという言葉はまだなく、ディズニーの短篇漫画映画をここで沢山見た——がいつなくなってしまったのか、鈴本演芸場が新しいビルにいつ建て替わってしまったのか、春日通り沿いで松坂屋デパートの斜め向かいにあった明正堂書店――筒井康隆『馬の首風雲録』の連載を楽しみにここで『SFマガジン』を毎月買っていた――がいつ閉店してしまったのか、そうしたいっさいは、事の順序を含め、今はさっぱりわからない、あるいは覚えていない。しかし、たまに行けば上野はやはり上野である。

上野スター座はなくなってしまったけれど同じ場所にピンク映画の上野オークラ劇場はまだあってなかなか盛況のようだし、中華料理の蓬萊閣も小倉アイスの美味しい甘味処のみつばちもまだあるし、アメ横の一角にはビルが建ってかなりの数の店がそこに収容されたけれど線路下の店並みはほとんど変わらないし、不忍池の向こうに聳える頓狂なメタボリズム建築とやらがやや目障りだったが、幸いそれが取り壊されて池之端の風景は昔に近いものに戻った。ビルのなかに入ってしまっても鈴本演芸場は鈴本演芸場だし、明正堂書店もきれいに改装された上野駅構内のアトレのなかに店を構え、まだ気を吐いているようだし、永藤のパーラーがなくなって現代ふうのビルになってしまっても、そのナガフジビルの正面にはNAGAFUJIのロゴがでかでかと掲げられている。

上野から御徒町、元の竹町の佐竹商店街あたりにかけての裏道、小路、路地を、わたしは自分のてのひらのように知り尽くしている。その一つ一つを、数えきれないほどの回数、歩き回り、走り回り、自転車で漕いで回ってきたからだ。

東京の下町とは結局、裏道、小路、路地の町である。先に触れた「台東区の歌」の歌詞は、石川啄木の盟友だった歌人の土岐善麿の手になるもので、小・中・高の校歌を沢山作っている人だけに、さすがに手練れの職人芸だと今見直しても感心するが、ただ一点、「下谷

浅草　道ひろびろと」の一句には引っかからざるをえない。どうもちょっと無理があるのではないかと、わたしはすでに子供の頃から首をかしげていた、というか少しばかり滑稽に感じていたものだ。「道ひろびろと」とことさらに強弁している——強弁しなければならないと感じている——のは、現実はそれほど「ひろびろ」していないから、いやありていに言ってしまえばむしろ「ひろびろ」の逆だからに違いあるまい。しかし、そこを押し切ってあえて堂々と、臆面もなく、「道ひろびろと」と言い放ってみせた点にこそ、むしろこの歌の楽天的な迫力があったのだろうか。

ついでながら、「月も清かれ　隅田の流れよ」にも、魚も棲めなくなりかけていた隅田川の汚染のさまを糊塗しようという意図が、なきにしもあらずのような気がするが、これは意地の悪い深読みにすぎるか。吉本隆明氏が月島で育った頃ならきっと白魚が泳いでいるのが水を透かして見えただろう大川は、わたしの子供時代には汚水が流れこんで岸に近づくとどぶの臭いがしていたものだ。昼はいかにくさくて穢くても、夜になればしらじらとした月光が照り映えて、一見清げな美しい水景が現出する——苦しい強弁と言うべきか、巧みな言い抜けと言うべきか。感心すると言いながら難癖ばかりつけているようだが、わたしは実際、土岐善麿の作詞の技倆を称えているのである。ちなみに隅田川の状況は今はずいぶん改善され、かなりきれいな水の流れになっている。

下谷ももう消滅しかけている地名だが、旧東京市下谷区一帯を指し（下谷区と浅草区が戦後に合併して台東区になった）、上野もそのうちに含まれる。たしかに下谷も浅草も「つづ

く町並み　にぎやかに」という風情はあるものの、そのどちらでも町の賑わいの本領はむしろ狭い通り、細い通りのほうにある。下谷も浅草も江戸期以来ずっと変わらず庶民・細民の町であり、明治期に整備されて小ブルジョワたちが闊歩するようになった銀座通りの偉容とはまったく無縁である。

上野から御徒町にかけての一帯で言うなら、東西に延びる春日通り、それと交差して南北に走る昭和通り・中央通りはたしかに一応「ひろびろと」しており、春日通りと中央通りが交差する広小路のあたりが「ひろびろ」かつ「にぎやか」であるのは間違いない。しかし、それはむしろ例外的な一角だ。上野でも浅草でも、町に活気があって歩いていて気持ちが明るくなるのは、商売が繁盛している小店の並ぶ裏通りや小路のほうである。

いやさらに言うなら、西へ西へと引っ越しを重ね、ついに東京の西郊に住まうことになってしまったわたしが今、折りに触れ懐かしくてたまらなくなるのは、「ひろびろと」とも「にぎやかに」とも無縁に素っ気なく静まりかえった、ほとんど人通りもない上野や御徒町あたりの小路や路地の佇まいのほうなのだ。「ひろびろ」かつ「にぎやか」だと言った広小路交差点あたりにしたところで、その角にある松坂屋デパートの前の歩道に傷痍軍人たちが並んでアコーデオンでもの哀しい旋律を奏でていた光景を、小学校に上がろうとする年齢あたりまではわたしも目撃していたのだ。

そんな地元のさびしい道から道へと辿りながら、曲がりながら、通り過ぎていきながら、十代半ばまでのわたしはずいぶん長い時間を過ごしたものだ。それはたとえば重苦しく垂れこめた雲のすき間から薄日が射してくる寒々とした冬の午前だったり、何かむずむずしたやりきれないものが軀の底からこみ上げてくるような生暖かく湿った春の宵だったり、稲光が走ってざあっと来た通り雨が上がった後の夏の夕暮れだったり、風が巻き上げた砂ぼこりのひと粒ひと粒まで澄明な光がくっきり浮かび上がらせている気怠い秋の午後だったりしたものだ。幼年時代、子供時代に流れていた時間がどれほど濃密なものだったかを、この歳になると改めてしみじみと痛感する。

親の仕事の都合で台東区を離れ、その後様々な事情で十数回の引っ越しを重ねるような人生をおくることになったが、わたしは本心を言えばできることなら生まれ育った家に、子供の頃走り回っていた界隈にそのまま暮らしつづけ、そこで生涯を終えたかった。そんな気持ちの一端が、いくぶん恨みがましい物言いになって表に出てしまったことがあるのかもしれない。おまえは土着的なやつだなあ、と父から卒然と言われたことがある。いつのことか、何の話をしていたのか、前後の脈絡も何もまったく覚えていない。ただその言葉――何々的というような言葉遣いをあまりする人ではなかった――と、それを言ったときのやや呆れたふうの父の口調だけが記憶に残っている。どういう成り行きで彼がそういう感想を抱いたのか、確かめてみたくても、彼はもう二十年近く前に死んでしまっている。まあたしかに、父は「土着的」なところはまったくない人だった。わたしなどよりずっと進取の気性に富み、新しいものを求めて前へ前へ突き進んでゆく人だった。それに振り回されて母もわたしもずいぶん迷惑をこうむったものだ。

上野の魅力の一つに、広い公園になっている上野の山があることを書き落とした。上野公園にももちろん無数の記憶が染みついている。春の花見。動物園のニシキヘビ（パンダという動物にはわたしは未だかつて興味を抱けたためしがない）。公園の真ん中に、規則的なパターンでイリュミネーションの色が移り変わる華やかな噴水の池が出来たというので、家族で見物に行ったこと。国立西洋美術館や東京文化会館にももちろんずいぶんお世話になった。「文化の花も　さき競う」の領域である。

ただし、この領域に今はあまり触れたくないのは、ずいぶん昔のことだが、ある「西欧派」の作家が、上野も山のうえには幾つもの美術館・博物館や東京芸大があってあんなに「文化的」なのに、山の下のほうに低俗な映画館がへばりついているのが情けない、といった趣旨のことを書いているのを読み、ケッと思ったことがあるからだ。よそ者にそんなしゃらくせえことを言われたかあねえやと、柄でもないがそんな啖呵の一つでも切ってみたくなる。山下の映画館には、パット・ブーンとジェームズ・メイソン主演の『地底探険』（一九五九年、日本公開は翌六〇年四月）を祖父に連れられて見に行った。ヒッチコックの『サイコ』（一九六〇年、日本公開は同年九月）を初めて見て身の毛がよだつような思いをしたのもそこである。それらはわたしにとっては大事な思い出で、低俗だ何だとひと様から言いがかりをつけられるような筋合いのことではない。「西欧派」が何と言おうと、「土着派」には「土着派」の意地と言いぶんがある。意地というよりたんに料簡の狭い「地元民」の僻み根性にすぎないのかもしれないが、それならまあそれでもよい。

「文化の花」が咲き馥る(かお)ことじたいはまことに結構な話で、上野は、そして台東区はそれを大いに自慢にすべきだが、ただ、そういう話はわたしの好きなさびしい町とはあまり関係がない。西洋美術館の前庭にあるロダンの彫刻〈カレーの市民〉や東京文化会館の大ホールで演奏されるベートーヴェンの第九のほうが、『地底探険』や『サイコ』よりずっと高級で有難いものだと、思いたい人はそう思っていればよかろう。いずれにせよ、山下の映画館もいつの間にか消えてしまっている。

たまに行けば——と先に書いた。べつだん表立った用事があるわけではないので、上野に行くのはずいぶん長いことごく「たま」でしかなかったのだが、ここ数年、ふと気づくと上野の路上に身を置いて、何か狐につままれた思いをしていることが急に多くなった。それというのも、高崎や軽井沢や富山や金沢へ定期的に行かなければならないそれぞれ別個の用事がたまたま重なり、北陸新幹線に乗る機会が増えたからである。東京駅の新幹線乗り換え口はいつも人ごみでわさわさしていて、週末や祝日の混雑はとりわけひどく、下手をすると待合室の席さえ大きな荷物を持ち込んだ人たちでぜんぶ塞がってしまう。息苦しくてたまらない。そこで、山手線や京浜東北線や地下鉄で上野駅まで行って、そこから新幹線に乗るという手を思いついた。上野駅なら乗り換え口で人ごみをかき分ける必要がないうえに、特急料金もわずかだが安く上がる。

我ながら良いことを思いついたものである。新幹線の発車時刻を待ちながら、上野の小路や路地をぶらぶら歩いて時間をつぶす。外国人の姿が多くなったことに途惑い、松坂屋の南館がいつの間にか取り壊されてその跡地に上野フロンティアタワーという超高層ビルが建っていることに驚く。しかし、上野は上野である。何がどう変わろうと、上野は相変わらず上野である。パンダ人気だの、ル・コルビュジエ設計の西洋美術館本館の世界文化遺産への登録だので、今は何やら浮かれ気分が蔓延しているようだが（そういうちょっぴりそそっかしいお祭り好き、浮き足立ちようもこの土地の愛すべき気風（エートス）の一つであることを、わたしはよく知っている）、一過性の騒ぎはいずれは鎮（しず）まって、上野は元のちょっぴりさびしいふつうの町へと戻ってゆくだろう。戻っていってほしい。

わたしは慣れ親しんだ自分の地元を歩いているつもりでいるけれど、キャスター付き旅行鞄をごろごろ転がして歩いてゆくわたしの姿は、人の目にはごくありきたりな物見高い観光客の一人としか映るまい。それならそれでいっこうに構わない。歩き疲れたら、アメ横付近に沢山ある安居酒屋の一軒の暖簾をふらりとくぐり、おでんと焼き鳥でも肴に、芋焼酎のロックを少しずつ啜りながら時間を過ごす。それは至福の時間である。馴染みの店などもとよりありはせず、どこでもかしこでもわたしは一見さんだが、それでよい。いやむしろそれがよい。

「土着的」な生涯をおくりたくても、もうすっかり根は断たれてしまった。手遅れだ。わたしは根無し草となって上野に吹き寄せられ、時間つぶしの気楽な一刻を過ごすだけだ。それでよい、それがよいと自分に言い聞かせ、勘定を払い店を出て、また街の雑踏のなかに身を紛れこませてゆく。

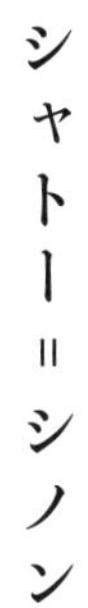

シャトー＝シノン

目の前に広々とした草原が開け、行く手に向かってゆるやかな上り坂になっていて、登ってゆく人、降ってくる人、登るでも降るでもなくただぶらぶらしているだけの人などがちらほら見える。走り回っている子供たちの姿もあり、なごやかな行楽気分のようなものがみなぎっているが、その子供たちも含めてうるさくはしゃいだり騒いだりしている人は誰もいない。誰もが安気で無責任な解放感をのんびりと楽しんでいるようなのは、たまたまその日が週末にかかっていたからだろうか。しかし広大なモルヴァン地方自然公園の真っ只中にあるシャトー゠シノンという小さな町は、そもそも基本的には行楽地なのだから、あたりが暗くなりはじめても盛夏の炎暑がまだいっこうに鎮まっていない夕暮れの空気のなかに行き渡っていたあの穏やかな幸福感は、たとえ平日であろうとさして変わりないものだったかもしれない。

整備された小道のようなものはなく、ただむやみにだだっ広いだけの草むらが続き、そこを人々が自由に、ゆるやかに遊弋(ゆうよく)している。登ってゆくにつれて傾斜がゆるやかになってゆく低い丘のてっぺんには記念碑か観光情報の案内板か、それともローマ時代の遺跡でもあったのだろうか。何も思い出せない。地面を覆っているのは、芝ではないが踏み分けて歩いてゆくのに困難のない丈の短い草で、そうした草原のところどころに黒々とした岩盤がやや威嚇的に露出しているのは、日本ではあまり見ない光景のような気がする。そんな草むらを踏み締めつつゆっくりと登ってゆくときの歩行のリズム、靴底を受けとめてくれる草と土の柔らかな心地よい感触が、いま記憶のなかから甦ってくる。

前々回、アメリカのアリゾナ州の小さな町のモーテルで一九世紀のフランスの生理学者の著作に読み耽っていたときに込み上げてきた奇妙な違和感について書いたが、その思い出を心のなかで転がしているうちに、それに引きずられるようにして、似通ったもう一つの思い出がどこからともなく揺らめき出てきた。わたしがこれまで上梓してきた四十数冊の著書のすべてのページを通じて、シャトー゠シノンという地名に言及しているのはたった一箇所だけだと思う。それは『折口信夫論』(太田出版、一九九五年刊)の「後記」で、わたしはそこに、「湖沼や森が点在するモラヴィア一帯の中央に位置する小さな美しい宝石のような町シャトー゠シノンの安ホテルのベッドに寝ころんで、暑さにうだりながら『国文学の発生』を読んでいたあの盛夏の午後の、何か人目をはばかる倒錯にでも耽っているような苛立ちといい、もどかしさが、今なまなましく蘇ってくる」——と書いている。

「もどかしさ」に傍点が振ってあるのは原文のママで、「もどく」「もどき」という言葉をめぐって折口信夫が展開した特異な思考――それについては『折口信夫論』の本文で縷々詳述した――への、何と言うのか、ちょっとした「挨拶」のようなものだ。なおここで「モラヴィア」とあるのは同書の文庫版にまで残ってしまった誤記で、「モルヴァン」が正しい。

日本民族の土俗的想像界の粘っこい闇の深みにどこまでもずぶずぶと沈潜してゆくような、薄気味の悪い、しかしその薄気味の悪さゆえの奇態な魅惑をたたえてもいる折口の論文だの小説『死者の書』だのに読み耽りながら、ふと我に返って窓の外に視線を投げると、そこは堅固な石造りの建物が並ぶ西欧の地方都市の小路で、日本の「国文学」の「発生」過程にも、「した　した　した」と滴り落ちてくる冷たい水の雫のかそけき音だけが響いている岩窟の暗がりにも、何の興味も持っていない人々が行き交っている。それはまことに面妖な体験だった。では、それを体験している「わたし」自身とはいったい何なのか、誰なのか。なぜ「わたし」はこんなふうに苛立たしく、もどかしく、引き裂かれて生きていかなければならないのか。しかし答えがあるはずもないそんな自問に耽るのも詮無いことだった。

『折口信夫論』の「後記」は先の引用の後、「『まれびと』の『まれ』とは、『うつろ』の『うつ』とは、あの非現実感のことだったのではないだろうか」と続き、そこで終わっている。そんな「非現実感」から逃れようとしてという気持ちもあったのか、夕暮れが近づいた頃、わたしはベッドから起き上がってホテルの部屋を出た。シャトー゠シノンは小さな町だからぶらぶら歩きながら通りを少し行くと街並みはすぐに尽きてしまうが、そこに広がっていたのが冒頭に描写した草原の光景である。

黄色がかった落日の光があたりいちめんに行き渡っている。それを浴びて人々の姿が金色に輝いていたような気もするし、また太陽はちょうどわたしの正面の丘の陰に沈んでゆくところで、斜面に散らばった人々はその逆光を受け黒っぽいシルエットになっていたような気もする。どちらだったかはっきりとは思い出せない。いずれにせよ、あのもどかしさや非現実感はともかくとして、その風景じたいは安らぎと慰藉に満ち、わたしは淡い幸福感に浸されていた。

ところで、シャトー＝シノンのホテルに投宿したのは、ブルゴーニュ・ワインの産地として有名なボーヌの町を起点とするバス旅行の途次のことだった。そのあたりの事情を多少説明しておかねばなるまい。

医学者と写真家という二つの顔を持つエティエンヌ＝ジュール・マレー（一八三〇―一九〇四）という人物の仕事に、わたしは長らく興味を抱いていて、かなりの量の論考を書き溜めつつあった。入手できるかぎりの資料は読み尽くしたが、マレー関係の書誌に題名が載っていてパリ国立図書館には収蔵されていない論文や著作が幾つかあり、またせっかくマレーについて一冊の本を書こうとしているのだから、彼の生まれ故郷であるボーヌへ一度は行って、その風土をわたし自身の身体で体感したいという気持ちもあった。今はどうか知らないが、当時、ボーヌ市役所の建物の一角に、マレーの人物と仕事を記念して「マレー博物館 Musée Marey」なるものが設けられていることがわかっていた。わたしはそこに問い合わせの手紙を書き、もし来る気があるならできるかぎりの援助はしてあげますよという有難い返事を受け取っていた。

そこで、夏休みを利用してオルセー美術館内の「エッフェル資料文庫Fonds Eiffel」を調査したついでに、ボーヌまで足を延ばしたのである。行ってみると、「マレー博物館」は実のところミュージアムと呼ぶほどたいそうなものではなく、ちょっとした展示室にすぎず、それには少々拍子抜けしたものの、その管理と運営の責任者であるマリオン・ルーバさんという女性はとても親切な方で、展示されていない収蔵庫の資料を自由に閲覧させてくれたうえに、その場ですぐに電話して、マレーの子孫の家族との面談の段取りまでつけてくれた。おかげで、コレラ菌の感染経路に関するマレーの論文など、そこで初めて読めた資料も多々あったし、また翌日、ボーヌの近郊で電車で三十分ほどのシャニー村まで行き、マレーの孫のエティエンヌ・ノエル＝ブートン氏とその家族に会うこともできた。

マレーはワイン業を営む一族の出身で、その子孫は二十ヘクタールに及ぶブドウ畑を所有し、その同じ地でワイン作りのなりわいを相変わらず続けている（"Domaine de la Folie"は今なおブルゴーニュ・ワインの大銘柄の一つである）。うちのエティエンヌお祖父さんの仕事について、日本からわざわざ調べにいらしたとは、何とまあご奇特な……という驚きや途惑いを交えつつ、ご一家はわたしを温かく歓迎してくださった。多くの興味深い話を聞けたし、また一家の住む邸宅の近くには、マレーが実験を行なっていたという煉瓦積みの小屋が、今にも崩れそうな廃屋状態ながらもまだ残っており、埃っぽいその内部に身を置いてしばしの時間を過ごせたことにもわたしは感動した。

それにしても、公式の資料によれば独身で生涯を終えたということになっているマレーに、いったいなぜ孫がいるのか。わたしが投げたその疑問に対してもたらされた答えは、実に驚くべきものだった。第一、血を分けた孫だというならなぜその八十七歳の老人の姓はマレーではないのか。パリのコレージュ・ド・フランスの教授だったマレーの仕事の多くの部分は、イタリアのナポリの海洋研究所で為されており、いったいなぜナポリなのかとわたしはずっと首をかしげていたものだが（それについての納得の行く説明は公刊された資料のなかにはいっさい発見できなかった）、その疑問への答えも、彼に孫がいることの理由と表裏一体になったものだった。

彼の人生には公にできない影の部分があったのだ。そうしたことを暴き立てて得意顔をする評伝作者のいじましい覗き趣味には、わたしは深い嫌悪を抱くのがつねである。ただ、「倒錯者マレー」という視角からマレー論を書き出した自分の直観はやはりそれなりに的を射ていたのだと知り、そのことに率直な満足感を覚えないでもなかった。それで、二〇〇一年に刊行された『表象と倒錯――エティエンヌ゠ジュール・マレー』のある箇所で、ルーバ女史やノエル゠ブートン氏から聞いた話にほんのちょっぴり言及したいという誘惑に、わたしはどうしても抵抗できなかった。はしたない振る舞いであることは重々承知のうえだが、わたしのマレー論は厳密な考証に基づく評伝作品ではないので、大目に見ていただければと願っている。

ともあれ、そうしたわけで、ボーヌへの調査旅行には大きな成果があった。シャニー村からボーヌに帰ってくるなり、町の中心の瀟洒な石畳の広場の一角に公衆電話を見つけてそこから東京の自宅に電話をかけ、「もしもし」という家内の声が聞こえるや、開口一番、「マレーの秘密がわかった！」と叫んで彼女を驚かせたことなど、つい昨日のことのように思い出される。わたしはふだんはそういう芝居がかった言動をするたちではないのだが、恐らくよほど嬉しくて興奮していたのだろうと思う。かんかん照りの酷暑のなか、その電話をかけていたとき眼前に広がっていた、通行人も車の往来もほとんどない、静まり返った真昼の広場の光景が、いままざまざと甦ってくる。その晩、何かお礼をしたいと思いルーバさんを夕食に誘うと、快く応じてくれたので、中世に設立された施療院（オスピス）――ボーヌの観光名所の一つ――近くの小ぢんまりとした居心地の良いレストランで、ブルゴーニュの地方料理とワインを満喫したものだ。

さて、それでボーヌでの用事は済んだ。帰国のフライトまでにはまだ数日の余裕がある。余った時間を何に使うか。パリに戻ってそこで遊んでいてもいいが、それよりせっかくブルゴーニュ地方まで来たのだから、わたしにとっては初めての訪問となるフランスのこのあたり一帯を、もう少し見て回ろうと思い立った。ワイン好きの人なら、この付近に沢山あるカーヴを経巡（へめぐ）って、無料試飲のサービスを楽しむところだろうが、わたしはワインにはそれほどの執着はない。そこで、バスを乗り継ぎ、小さな町や村を泊まり継ぎつつ、ただ時間をつぶすためだけの無目的な旅をしてみようという気になった。日本のテレビでもそうした企画があるが、いわゆる「路線バスの旅」というやつである。

ブルゴーニュ地方は幾つかの地区に分かれていて、ワイン特産地のコート・ドールがいちばん有名で、ボーヌやディジョンはそこに含まれる。しかし風景に趣きがあるのは、地平線までブドウ畑が広がる平坦なコート・ドールより、むしろその西側のモルヴァン地方であることを、かくしてわたしは発見することになった。モルヴァンは平野ではなくむしろ山地である。と言っても、高峰の数々が聳え立っているわけではなく、ほどほどの標高でゆるやかに起伏する高原に、多くの自然林や湖沼が点在している美しい土地である。バスの窓からの眺めをできるだけ長時間楽しんでいたいと思ったので、どこか南のほうを迂回したような気もする。ボーヌを出てもう名前も覚えていない町か村で一泊か二泊した後、シャトー＝シノンに辿り着いたのだった。

行楽地だと先に書いたが、行楽地は行楽地でもシャトー＝シノンはビアリッツやニースのような大観光地ではない。ガリア時代、ガロ＝ローマ時代以来の歴史を持つ古い町だとはいえ、壮麗な建築や文化的に重要な遺跡が残っているわけでもない。人々はそこにドライブや山登りやキャンプを楽しみにくるだけだ。フランス人以外の外国人観光客の姿をわたしはまったく見かけなかった。

今はどうかわからないが、当時、ホテルもレストランもそう何軒もあるわけではなかった。目についたホテルに飛びこんでチェックインしたとき、夕食もここで食べるつもりか、それなら予約してほしいと言われ、ちょっと迷っていると、ここで食べないとまともなディナーを出すレストランなどこの町には他にないですよ、と——本当かどうか知らないが——言われたのを覚えている。結局その勧めに従うことにしたが、それは正解で、ホテルの食堂は、そこそこの値段なのにすばらしく旨い料理を供してくれたものだ。ワインが絶品だったのは言うまでもない。

シャトー＝シノンは静かな町だった。すなわちちょっとさびしいふつうの町だった。わたしは日本へのお土産に蜂蜜を買った。冒頭に描写した草原の一角に小さな市（いち）のようなものが立っていて、そこに出ていた屋台店の一つで買ったようなボんやりした記憶もあるが、定かではない。「モルヴァンの蜂蜜 miel du Morvan」は養蜂の盛んなこの地方自慢の特産品の一つである。帰国してからそれをトーストに塗って食べ、こんなに旨い蜂蜜を食べたのは生まれて初めてだと家内と言い合った。蜂蜜はわたしの好物で、以後二十数年、数多の旨い蜂蜜にめぐり合ってきたけれど、シャトー＝シノンから持ち帰った蜂蜜に及ぶものはないような気がする。

翌朝、シャトー＝シノンからまたバスを乗り継ぎ、結局ヌヴェールまで行き、そこの鉄道駅から列車に乗ってパリに帰ったのだった。アラン・レネ監督、マルグリット・デュラス脚本の映画『二十四時間の情事（ヒロシマ・モナムール）』に出てきたことで覚えていたヌヴェールも、ぜひ一度は行ってみたい町の一つだった。美しい響きの名前を持つこの町もちょっぴりさびしい素敵な町だったが、それについて詳述する余裕は今はない。

ボーヌ滞在、そしてボーヌからヌヴェールまでのバス旅行は、ここまでの書きぶりから察せられるように、きわめて心愉しい日々としてわたしの記憶に刻みこまれている。ただ、ここまで書いてきて、あれはいったいいつのことだったかなとふと訝り、メモを掘り出してきてみると、それが一九九三年の夏のことだとわかって、いまわたしは少々複雑な気持ちを持て余していないでもない。つまらない話になるが、三十九歳のわたしはその年の早春、清水の舞台から……というほどでもないが、まあ一大決心をして、分不相応の巨額な――わたしにとっては――ローンを組み、築十一年の中古一戸建ての小さな家を買ったばかりだった。

毎月手取りで三十万円そこその給料が銀行口座に振り込まれると、そこからただちに二十四万何がしの返済額が差っ引かれるという生活がすでに始まっていた。夏冬のボーナス期はボーナス期で、月払いとは別に六十万だか七十万だかが銀行に持って行かれる。当時は家内にも定職があったから、それでわたしたち夫婦が日々の暮らしにただちに困窮するわけでもなかったが、そうした事態への怯えはつねにあった。もし健康でも害して二人のうちどちらかが勤めを辞めなければならないことにでもなれば、生活はただちに崩壊する。そんな苦労をしてまで手に入れたものはしかし、たんに畑のきわのちっぽけなぼろ家でしかない。

金の苦労というのは嫌なものである。なぜ嫌かと言えば、それが、せずに済めばそれに越したことはないというだけの、くだらない、いじましい苦労だからであろう。わたしはもともと小商いの店のせがれで、親が小金のやりくりに四苦八苦している姿を間近に見て育ってきたから、金の苦労が人間をどれほどいじけさせるか、嫌な感じに顔を歪ませるかをよく知っている。借金の返済にあくせくするといった境遇にだけはなりたくないと思ってきたのに、何かの魔物に魅入られたかのように、しかし結局はみずから進んで、そうした運命の真っ只中に飛びこんでいってしまった。当時はその直後で、わたしの人生のもっとも暗い時期の一つだったはずである。

ついでに言うなら、そんな暗さを身をもって体験することが人間の成長を促すとか成熟させるなどとは、わたしはかけらも思っていないし、わたし自身の身にもむろんそんなことが起こりはしなかった。人生体験の深まりに寄与するといった効験さえないことじたいがまさに、金の苦労がくだらない苦労であるゆえんなのである。ただし本心を言うなら、金の苦労をしたことのない人とは友だちにはなりたくないものだと、以来密かに思うようになったのは事実である。意地になるというのがどういうことなのか、わからない人には永久にわからない。

ともあれ、たぶんそんな暗い時節に突入してしまったからこそ、もうこうなったら自分の仕事を地道にやり遂げるほかないと肝に銘じ、何かに挑むような、歯を食いしばるような気持ちで、旅費と滞在費を出版社の印税から前借りし、エッフェル塔論とマレー論のための調査旅行を決行した、というかそんな贅沢を自分に許した。そういうことだったのだろうと思う。そこには一種自暴自棄と言うのか、やけのやんぱちといった気分も多少混じっていたかもしれない。

オートバイ事故などでわたし自身も体験しているが、人間の身体には、どこかにひどい損傷を受けた瞬間、アドレナリンだか何らかの脳内物質だかが一挙に放出され、短期的ではあるが痛みを緩和してくれるメカニズムがある。ボーヌからヌヴェールまでのあの旅の間中、ここまで書いてきたほど心愉しい気分が持続していたのかどうかは、実は疑問である。人の無意識が記憶に施す詐術というものがあるのであり、本当のところはわたしはあの旅の間もずっと、かなりすさんだ、うらぶれた気持ちでいたのではないだろうか。自分の人生が何か剣呑な罠にでもかかってしまったように感じ、不安や疑懼や息苦しさにうちひしがれていたのではないだろうか。そして、そうした暗澹とした思いが惹起する苦痛を多少なりと中和すべく、精神の防衛反応として、わたしの無意識はいくぶん不自然で過剰な幸福感の記憶を捏造した、あるいは演出した。そういうことではないだろうか。モルヴァン特産の蜂蜜が途方もなく美味だったというのも、そんなふうに捏造ないし演出された作りものの記憶にすぎないのかもしれない。

ただし、夕闇がだんだん深まっていこうとしているシャトー゠シノンのあのゆるやかな丘の風景からもたらされた、静かな安息感だけは、紛れもなく真正の記憶だったように思われてならない。本当にそうだったかどうかを確かめに、もう一度ぜひシャトー゠シノンに行ってみたい。それはたんに蜂蜜を買いに行くための旅であってもよい。それとも、もし万が一その蜂蜜の味がかつてほどの感動を喚ばなかったとしたらそれも少々悲しいから、シャトー゠シノンの思い出は記憶のなかで輝かせておくだけにとどめておくほうがいいのだろうか。

長春

公園に入ったときは、まだ池の水面に夕陽の残照の鮮やかな赤や黄の耀い(かがよ)が揺曳していたのに、急速に夜の闇が下りてきてたちまちあたりを領し、わたしの周りをぞろぞろと行き交う人々の顔さえもうはっきりとは見分けられない。ともかく大変な人出だった。岸辺に沿ってぐるりとめぐっている遊歩道や、池に架かる、不思議な角度でくねくねと折れ曲がった橋に、人々がひしめき合い、あっちへ行こうとする人の流れとそっちから来る人の流れがぶつかって、場所によっては押し合いへし合い状態になって、通行がしばしば妨げられることもある。だがそれで文句を言ったり不平顔をしたりしている人などはまったくおらず、むしろ他人たちと肌をすり合わせるほどの近さにいることのぬくもりを、誰もがおおらかに愉しんでいる気配がある。安気なお祭り気分のようなものが空気のなかに行き渡っているようで、実際、たしかちょうど何かを祝うお祭りが開かれているところで、それでこんなに人出が多いのだと説明されたような気がするが、間違った記憶かもしれない。

ここまで「池」と書いてきたが、これは中国吉林省の長春市の南湖公園の話なので、本当は「湖」と書くべきなのかもしれない。わたしなどの語感では、町中に位置してその水景が人々の日常生活にしっくり溶けこみ、その周辺の散策が市民にいっときのくつろぎの愉楽を提供している――この南湖のようなそんな小規模な水の広がりは、「湖」というより「池」と呼ぶ方がふさわしいような気がするが、どうだろうか。たとえば景勝地として古来名高い杭州の西湖あたりになると、さすがにこれは「湖」と呼ぶにふさわしい堂々たる水景で、とにもかくにもまず西湖があり、そのほとりに添えもののように杭州の町が位置しているという感じがする。それに対して南湖公園はあくまで長春の町のなかにあって、そこに住む人々の親密な慰藉の場所になっており、だからむしろこれは「池」ではないかと感じられてならない。実際、人ごみに揉まれるようにして歩きながら、わたしは子どもの頃慣れ親しんでいた上野の不忍池の、夏の縁日の賑わいを懐かしく思い出していたのだ。

そう言えば、ヴェトナムのハノイの市内にあるホアンキエム湖にしても、ロンドンのハイド・パークのなかのサーペンタイン・レイクにしても、日本人の感覚としてはやはり「池」であろう。実際、日本で出ているロンドン観光ガイドには「サーペンタイン池」と書いてあったりするのだから。ちなみにニューヨークのセントラル・パークにあるあの池は何と言うのか、いま調べてみて、あれはたんに「貯水池（レザーヴワール）」と呼ばれているのだと知った。ジャクリーン・ケネディ・オナシス貯水池と言うのだそうである。

「湖」か「池」か――つまらぬ些事に拘泥しているようだが、わたしにとっては「湖」と

「池」は、それぞれ別個の、独自の魅力を備えた、まったく違う二つのものなのだ。長春の南湖公園の遊歩道を経巡って過ごしたあの一時間あまりは、「池」というものに固有の愉楽を堪能しえたかけがえのない一刻として、わたしの記憶にくっきりと刻みこまれている。「池」のある町はやはりいいなあ、とあのときわたしはつくづく思ったのだ。

その光景の思い出には何やら闇を照らし出す光の遍在のイメージもまとわりついていて、それは闇のなかから浮かび上がり、それがあるからこそ闇の深さがよりいっそう際立つといった、そんな幸福な光だった——などと言っても何が何だかわかるまい。こんな漠然とした言いぐさになってしまって恐縮だが、わたしの記憶のなかでゆらゆら不安定に揺れているものにいまはこれよりはっきりした言葉を与えられない。あれはいったい何だったのか。橋の欄干に小洒落たぼんぼりの列がしつらえてあったような、行き交う人々の多くが何か懐かしい明かりがぽっと灯った行燈を手にしていたような、また時おり花火がぱっと上がって池のうえに広がる夜空に美しい花を咲かせていたような、そんな不分明なイメージもぼんやりと揺らめき出てくるが、どこからどこまでが現実に起きた出来事なのかは、いまとなってはまったく確信が持てない。

時間はその経過によって記憶を不思議な力で捻じ曲げ、歪ませ、余分な何かを付け加え、不要な何かを削ぎ落してゆく。それはそれで面白いことだと思う。とはいえ何が「余分」で何が「不要」か、その選別の根拠など本当はあるはずもない。そこには何かしら心理の必然に従った厳密な力学が働いているのかもしれないが、しかし無根拠だからこそその忘却、その捏造のさまがいっそう面白いのだとも言える。ぼんぼりだの行燈だの花火だのをめぐる漠とした不安定なイメージは、不忍池や隅田川で体感した子どもの頃の幸福な時間の断片が長春の南湖公園の思い出に混入し、それと奇妙な具合に一体化してしまったのだろうか。

長春へ行ったのはその一度きりだ。勤務先の大学から公的任務をおびて派遣され、外務省のお役人に同行してあの町に二泊ほど滞在したのは、あれはいつのことだったか。一九九〇年代のいつかだったはずだという以上の確たる記憶はない。主な仕事は彼の地の東北師範大学で何かの式典に出席し、日本語専修の課程を終えてこれから日本へ留学しようとしている学生たちに向けて、受け入れ先の日本側を代表して挨拶のスピーチをすることだった。将来日本通の中国人となってゆくはずの有為の——日本にとっても中国にとっても重要な——若者たちへのはなむけとして、どんなメッセージを贈ったのか、いまとなってはまったく覚えていない。ただ、事前にお役人氏から、日本では中国と違って車両は左側通行なのでくれぐれも注意するようにとひとこと言っておいてください、と注文されていた——そんな不注意から中国人留学生が交通事故に遭った事例があったのだろう——のを、挨拶の最後の最後になって辛うじて思い出し、木に竹を接ぐようだったがともかくそれを言い、へどもどと挨拶を締め括ったのを覚えている。そんなどうでもいいような細部を、わたしの無意識が「不要」と判断せずに記憶のうちに残存させておいたのは、いったいなぜなのか。

かつては満州国の首都で新京と呼ばれていた長春には、日本による大陸侵攻の痕跡がいたるところにまだなまなましく刻みこまれている。たとえば、旧日本陸軍の関東軍総司令部が置かれていたという建物の前を車で通過しながら、あれは当時のまま残っていて、現在は共産党吉林省委員会が使用していますと教えてもらったりしたものだ。東北師範大学の皆さんはわたしとお役人氏をたいへん温かく歓待してくれたが、他方、往時の日本人が中国人民衆にどれほど苛酷で無慈悲な試練を課したかを、ここを先途と宣伝しようともする。日本人がアメリカ人に広島の原爆ドームを見せようとするのと同じ心理なわけで、当然と言えば当然だが、長春観光ということで連れ回された先々の記念碑、記念館でそうした哀話をしこたま聞かされ、写真や絵を見せられ、少なからず気が滅入ったのは事実だ。

それでも、偽満皇宮博物院（むろん往時は「偽」の字のない満州国皇宮だったわけだが）に連れて行ってもらい、ベルナルド・ベルトルッチ監督の『ラストエンペラー』の舞踏会のシーンのロケ撮影に実際に使われたこのパレスの豪奢な内部を見物できたのは、ベルトルッチのファンとしてはとても嬉しかった。関東軍総司令部だった建物の実物をちらりと見たり、愛新覚羅溥儀がそこで生活し大満州帝国皇帝として執務していたパレスに、ほんのいっとき身を置いたりといったささやかな体験は、わたしが後年になって戦時中の上海を舞台にした分厚い長篇小説を書くことになるという、当時はもちろん想像もしていなかった運命を、はるか遠くから準備することになったかもしれない。

夕暮れになって南湖公園に繰り出したのは、そうした「公式」の接待スケジュールがすべて終わって「私人」に戻れた後の、解放感のなかでの出来事で、あれはたしか日本語専修の学生たちが純粋な好意からわたしたちを連れ出してくれたのだ。驚くほど流暢な日本語を操るうえに、よく笑う朗らかで親切な学生たちだった。以来、日本でも中国でも、また両国の間でも、様々な有為転変があったが、彼らはその後どんなキャリアを築き、どんな場所でどんな活躍をしていることだろう。

翌日の昼は何の義務もなく、長春の町をただ無目的にぶらぶらとさまよって時間を潰した。北京を除けば初めて滞在することになった中国の地方都市の街並みや、路上から垣間見られる人々の営みが興味深くて、闇雲に歩き回ったものだ。日中の過去の行きがかりから来る屈託をとりあえず心の隅に追いやっておけば、長春はただのふつうの町で、人々はわたしのような旅人には無関心なまま、自分たちの仕事、自分たちの愉しみ、そして大袈裟に言うなら自分たちの生老病死の始末のつけようにかかりきりになっている。そうしたふつうの町をさまよい歩くのは快い。

たとえばスペインのトレドだの、イタリアのフィレンツェだの、中国の蘇州だの、ミャンマーのバガンだの、そんな由緒ある古都の旧市街を歩いていると、何しろ「ピトレスク」――ミシュラン・ガイドのたぐいが好む常套語を用いるなら――な風物のつるべ打ちにいたるところで行き逢うので、ガイドブックと首っ引きで、絶えずあたりをきょろきょろしながら「観光」して回ることになる。そうせざるをえなくなる。面白いことは面白くても、それはつまり気持ちが浮き立ってしまって落ち着かないということでもある。

そんなふうに平常心を失って、非日常の次元に心を遊ばせることが旅の醍醐味であり意義でもあるという考えかたにもむろん一理あるし、わたし自身、好奇心を全開にしてそうした

「ピトレスク」な、すなわち「絵になる」「趣きのある」「いっぷう変わった」風景や事物との出会いを貪欲に追い求める旅も、ずいぶん繰り返してきたものだ。しかし、その種の旅の体験は、記憶の底にいつまでも沈澱して残ってゆくということが案外ないのはいったいなぜなのか。たぶんそれが、自分の魂と身体だけを透して体験した――すなわちわたし自身にしか可能でないようなやりかたで体験した出会いではないからだろう。それは結局、ガイドブックの数行の記述を「確認」したというだけの体験でしかなくなってしまう。そして、ぼんやりと不安定に揺らめいている、しかしわたし自身にとってはこのうえもなく現実的な記憶ではなく、明瞭に分節化され言語化された記号的な記憶として凝固し定着してしまう。その言語や記号じたい、元はと言えば情報としてインプットされた他者の言語でしかないのだから、結局、わざわざその地に赴くという旅の行為そのものの必要性も必然性も怪しくなろうというものだ。つまるところはナレーション付きの旅行番組をテレビで見ておればそれで十分、ということにもなりかねない。

「ピトレスク」な町を歩き回るのは面白い。それに対して、とりたてて人目を惹くような魅力的な風物を欠いたふつうの町を歩き回るのは、つまらないとまでは言わずとも、まあ退屈と言えば退屈かもしれない。だがわたしは、退屈する、退屈しているという精神の様態そのものが実はそんなに嫌いではないのだ。けっこう好きだとさえ言ってもよい。もっと言えば、そこに退屈しに行くための旅というものさえあっていいと思う。

その日の夕刻、当地に赴任していた日本人の先生方のグループと合流し、生鮮市場などを見物し、東北師範大学の担当者から夕飯の饗応にあずかった。高級料理だったのだろうか、サソリのから揚げが出てきたのにはたじろいだが、けっこう香ばしく、またパリパリした食感が面白く、かすかな酸味もなかなか乙で、ビールのつまみとしては悪くなかった。ただその後、あれは蒸かしたものだったのだろうか、湯気の立つ真っ黒なゲンゴロウムシがてんこ盛りになった大皿が出てきたのにはさすがに臆して手が出なかった。貴重な機会を逸してしまったといまでは後悔している。

長春滞在中の出来事で鮮明に記憶に残っている、もう一つの体験がある。レストランを出た後、皆さんと一緒に賑やかな通りを少々ぶらついて、わたし一人だけちょっと遅れたのだったか、それとも先に立って一行を引き離してしまったのだったか、ともかく店々の明かりが途絶えかける端っこあたりまで来て、不意に周囲に人の気配が絶えた瞬間があった。たまたまそこに曲がり角があり、ふと横道を覗きこんだとき、その奥に漆黒の闇が広がっているのを見て、小さな衝撃を受けたのだ。真っ直ぐに延びている気配のその横道がどこまで続いていたのかわからない。両側には質素な家々が立ち並んでいるようだが、なぜかそのどれにも電灯が灯っていない。人々が寝静まるほど遅い時刻になっていたはずはないのに、なぜ家々の明かりまで消えていたのかわからない。

ともかく、その横道の奥の奥まで続いていたのは闇だった。漆黒という言葉が決して空疎な措辞ではないような真っ暗闇というものに、生まれて初めて向かい合ったような気がしたのである。わたしは東京の下町育ちの「町っ子」で、夜とはいえど街路は明るいものだという通念が頭に染みついていたからかもしれない。もちろん、小学生の頃の夏の林間学校から始まって自然の中で寝起きする機会は多々あり、街灯も家々の明かりもまったくない濃密な暗闇自体はいくらも体験してきていたけれど、そういう暗闇が、けっこう賑やかな繁華街の通りのきわからすぐ続いて広がっているという光景に、何か虚を衝かれるような気分になったのだと思う。

小さな、しかし快い衝撃だった。一種の懐かしさもあった。街路は明るいものだと先に言ったが、実のところわたしが子どもの頃は東京の下町でも街灯のない横丁や路地はけっこうあり、夜の闇は今よりずっと深かったからである。

以前、ミャンマーのニャウンシュエの思い出を書いたとき、水銀灯がぽつんぽつんと間遠に灯るひと気のない深夜の自動車道路について、そしてそのきわを辿ってホテルに戻る途中、わたしに卒然と訪れた何やら妖しい非現実感について語ったことがある。しかし、長春でのこの体験がそれとちょっと違うのは、これが街灯の光もなく空から煌々と降り注いでくる月の光もない、ただ単純な真っ暗闇だったという点である。この暗闇がわたしには懐かしく、快く、そしてさびしかった。いやそのさびしさそのものがそのまま懐かしさであり、また快さでもあった。そこには非現実感も夢幻性も超越性もなく、ただいきなり剝き出しになったなまなましい現実の、堅固な手触りだけがあった。そこには「夜」それじたいが即物的に実在していた。

実際、夜とはもともと暗いものなのだ。そうではないか。あるいは、それでいいではないか。暗くていいものをあえて明るくしようとしてきたものが、文明でありその進歩であり、都市でありその発展なのだが、わたしはときどき、そのいっさいがはかない虚妄なのではないかと思うことがある。雲つくような巨大建造物をそそり立たせてみたり、海だったところを埋め立てて陸にしてみたり、ウランやプルトニウムを核分裂させてエネルギーを取り出してみたり、そのエネルギーを使ってそんな明るさが不必要な場所までをも煌々と照明してみたり、人間はこの惑星の覇者のように思い上がって、好き勝手なことをしてきたし、今なおしているが、ホモ・サピエンスの繁栄など所詮、この惑星の歴史にほんの一瞬だけ生じたちっぽけな挿話の一つにすぎず、どうやらその挿話自体の命数もそろそろ尽きかけているようだ。

深く広く濃い闇のただなかに、ぽっと灯された小さな明かり――それが実はわたしたちの生の営みそのものなのではないか。進歩だの繁栄だのという掛け声に踊らされ、自然のすべてを文明化しうるなどという幻想に取り憑かれ、浮き立って走ってきたのが人類文明の「近代」だが、そんな迷妄、自惚れ、無意味な焦燥はもう棄てたほうがよい。自分の生の領域の外に一歩出れば、そこには、うかうかと気楽に入りこんでゆくことを憚らざるをえない漆黒の闇が静まりかえっている。そう謙虚に考えていた方がよい。

あの瞬間に、そんなことを筋道立てて考えたわけではない。ただ、長春の街路に立ち尽くしていたわたしの姿を改めて思い描き、その心理を忖度しつつ、あのとき受けた小さな衝撃の底に潜んでいたものをいささか大袈裟に展開して語ってみれば、以上のようなことにでもなるだろうか。ともあれ瞳がその奥に吸いこまれてゆくようなあの闇の記憶はいまでもまったく薄らがず、何かの拍子に時おりふと甦ってくる。とりわけ、3・11の大震災の後、わたしの住む東京郊外の町でも電力の不足が懸念され、しばらくの間ネオンサインの照明が消えて、夜の街路がすっかり暗くなってしまったことがあったが、その数日だったか数週間だったかの間中、わたしはかつて長春の街路で横道の奥の闇に向かって目を瞠りながら数十秒ほど立ちつくしたあのときの感覚を、しきりと思い出したものである。エネルギーの「不足」などと言うけれど、たんにそのときまでが「過剰」だっただけにすぎないと、あのときわたしたちの誰もがつくづくと得心したはずではないか。

　3・11の直後のほんのいっときだけ暗くなった町も、たちまち明るさを取り戻していまに至っているが、無用に過剰なだけだとわかってしまったものの復活を言祝ぐ気にはまったくなれない。長春にしても、ここまで書いてきたのは前世紀に遡る昔話だから、もちろんもうずいぶん変わっていることだろう。二十数年経ったいまでは裏街にまで街灯の列が伸び、家々には真夜中まで明るい光が灯り、かつてのわたしが見たような濃密な闇は払拭されてしまっているかもしれないが、そんなふつうの町に退屈しに行くのもそれはそれで面白かろう。また長春へ行ってみたい。

上田

上田で友だちと会って半日過ごしてきた家内が、帰宅して、上田映劇は面白い、あなたはああいう映画館がきっと好きなはずだ、ぜひ上田映劇へ行きなさい、としきりに言う。上田には何度か行ったことがあるけれど、上田映劇というのは知らなかった。では行こうかと思い立ち、先週また上田へ行った。一人で行くつもりだったが、まあわたしも暇だしとか何とか呟きながら、ついその前の週上田に行ったばかりの家内も結局一緒についてきてしまった。この人もわたし同様上田が好きなのだ。

夏の間わたしたちが暮らしている千ケ滝（せんがたき）の家からだと、中軽井沢駅でしなの鉄道に乗ればほんの四十分ほどしかかからない。朝がた家を出て十時前にはもう着いてしまい、駅北側の「お城口」から出て、柳町へ向かう松尾町商店街をぶらぶらと歩き出す。時間が時間だから開いている店はほとんどなく、街路は閑散としている。曇天の空から薄日が射してくる肌寒い日だった。昨日までの数日間は急に残暑がぶり返し、汗をかいて過ごしたので、何も考えず天気予報を確かめもせず、半袖のTシャツで来てしまったことを少々後悔する。

　ふだんはむろん賑やかに人々が行き交う商店街なのだが、平日の午前十時、十一時といった時刻ではまだ街は街らしい機能を開始しておらず、通勤通学の時間帯もすでに過ぎているから通行人の姿もあまりない。空も街並みも含めて風景全体が、等しなみな鈍色にひっそりと静まり返っている。さびしい風景だった。このさびしさが心地よい。

　早朝から店を開けていた木工民芸品店で、家内は小鳥の形をした楊枝入れを買った。まだ閉まっている万年筆屋さん――そんな店があるのだ――の前を過ぎ、原町一番街へ入って池波正太郎真田太平記館の前を過ぎ、柳町に至る。

　上田は江戸時代、上州・長野街道と北国（ほっこく）街道が分岐する交通の要所となり、上田宿として賑わった。そんなかつての街道時代の面影を残しているのが柳町で、なまこ壁の土蔵や老舗の商店など趣きのある建物が保存・整備され、数百メートルにわたって軒を連ねている。まあ観光用と言えば観光用といった体の一角で、本来ならばこの連載の趣旨から外れる話柄ではある。しかし、すでにシーズンオフに入りかけているのと天候や時刻のせいで、うろうろして写真を撮っている観光客にはほんの数人しか行き会わないその日の柳町には、わたし好みのしんみりしたさびしさが漲っていた。天然酵母で作るというので有名なパン屋さんで、わたしたちは餡パンと木の実入りケーキを買いこんだ。

　柳町の端から左に折れれば矢出沢（やでさわ）川沿いに旧北国街道の街道筋が伸びていて、上紺屋町、下紺屋町と続いていき、ここもなかなか味わい深い道なのだが、以前来たとき歩いたことがあるので今日はやめておく。そこを行って下紺屋町の手前で南に少し戻れば、いまは広い公園になっている上田城跡に出るが、ここも前回見物しているから今日はパスということにする。

少し疲れたのでわたしたちは原町一番街に戻り、何やら昭和の風情を残している古びた喫茶店に入った。昨今は店内のインテリアも店員の応対もメニューの構成も均一化されシステム化された、味気ないチェーン店ばかりが増殖しているが、上田にはまだこういう昔ながらの個性的な喫茶店が何軒もある。それらはあくまで「喫茶店」であって、今ふうの「カフェ」なんぞといったしゃらくさい代物ではない。

店の奥に、煉瓦で囲まれた太い木枠の張り出し窓があり、その脇のテーブル席にわたしたちは向かい合って座った。カウンターの端を回ってゆるゆるとした足取りで近づいてきた銀髪のご主人にコーヒーを注文する。幅広の窓敷居のうえに、いろいろな植物がとりとめなく繁った鉢植えがいくつか置かれ、その列越しに、晩夏にしては寒々とした感じの街路の風景をぼんやりと眺め遣る。それはふつうの町のふつうの風景だった。

町とは人が作ったものだ。それは人工であって自然ではなく、しかしそこに人が住み着いて長い歳月が経過すると、何世代にもわたって営々と繰り返されてゆく生老病死の記憶が町の空間じたいに徐々に滲み入ってくるからか、人工物である建物や道路や橋で構成された風景が、何とはなしに自然のもの、おのずから生(な)ったもののように見えてくるものだ。

古い建物は取り壊されて新しいものに建て替えられてゆくし、道路は補修しつづけなければ損壊してゆくわけで、そうした新陳代謝を施さないと町は遅かれ早かれ廃墟と化す。町というものが徹底的な人為の所産であることは、そのこと一つとってみても明らかだ。しかし、そんなことを言うなら、自然に対しても人は、伸びすぎた樹木の枝を払って下生えに陽光が届くようにしたり、枯れかけた木は伐採して新しく若木を植えたりして、自然環境と人間世界との間に調和ある秩序を創り出そうと努めてきたし、そうしつづけている。人は原生林や深海の底に棲むことはできない。人にとっての自然とは、人為によってある程度馴致された自然であるほかはない。それとちょうど逆方向のベクトルで、人為の産物である町が歳月の経過による円熟を経て、あたかもおのずから生った何かのようになってゆく。自然なものと化してゆく。そういうことがあるのではないか。

　ちょうど着熟れた服が体に馴染んで、肌との間に違和感がなくなり、それじたいがもう一枚の皮膚のような何かとなるように、ある風景をきわめて自然に身にまとい、それに包まれて心安らぐことがある。たとえば物心ついたときからそこに住み、町の空間の新陳代謝とともに自分自身も成長していった、そんな記憶の籠もった故郷の町の風景がその代表例だろう。だが、初めてそこに行って、こんな町が自分の故郷であってもよかったな、そんなこともありえたかもしれないな、という不思議な懐かしさを感じさせてくれる町がある。上田はそんな町の一つである。

　自然と人工はいったいどんな関係を取り結んでいるのだろう。先日、テレビのニュースで見たが、鎌倉で子どもたちを集めて虫捕りをやらせるという催しがあり、その指南役を解剖学者の養老孟司さんが務めたのだという。虫捕りで遊んだ後、質疑応答の集まりがあり、自分が捕った虫を入れた虫籠を手にほくほくしている子どもたちが、養老さんにいろいろなことを訊いてくる。最後に、「虫って、何ですか」という窮極の質問が出て、それに対して養老さんはぼそっとひとこと、「人間が作ったんじゃないもの」と面倒臭そうに答えていた。

子どもたちがそれをどう理解したかはわからないが、養老さんが著書のなかで何度も繰り返している提言を、わたしたちはよく知っている。すっかり「都市化」「脳化」されてしまった人工世界に暮らす現代人は、一日に五分でも十分でもいいから、木を、草の葉を、虫を、つまり「人間が作ったんじゃないもの」を見るべきだ、というのがそれである。バッタやセミを追いかけたり、ありきたりのシオカラトンボではなくたまにオニヤンマが捕れると大喜びしたりしていた自分の小学生の頃の夏休みを、そしてそこに流れていた豊かな時間の記憶を甦らせてみるなら、この提言に籠められた賢知は明らかだ。ふだんはゲーム機を手にピコピコやっているかもしれないその日の鎌倉の子どもたちも、大人になり「脳化社会」で身過ぎ世過ぎをするようになってある歳月が経過すれば、養老先生と一緒に虫捕りで過ごしたかつての一日を、黄金色に輝く貴重な記憶として思い出すだろう。

ところで、その数日後、わたしはやはりテレビを見ていて、NHKの『プロフェッショナル　仕事の流儀』という番組に偶然行き当たった。それは、医療器具開発者の西村幸（みゆき）さんという方の人生を追ったドキュメンタリーだった。西村さんは、癌治療に革命をもたらした刃渡り二・四ミリの「極小ハサミ」の開発者で、今はそれよりさらに二十五パーセント小さいものを作ろうとチャレンジしつづけているのだという。

　西村さんは「作る人」だ。彼はただ作る、一心不乱に作る。西村さんの場合、まず精密な設計図を描き、それからその通りに作ってゆく――それが物作りのふつうのやりかただ――のではなく、ともかくいきなり試作品を作ってしまう。「とりあえず形にする」、それが彼の「流儀」なのだという。作ってみてうまく行かなければ、そのどこをどう手直しすべきかと考えてゆく。そのために必要な既製の工具がなかったら、工具じたいも自分で作ってしまう。「作る」ことへの意志と情熱に生涯を捧げた西村さんの肖像はきわめて魅力的で、わたしは大きな感銘を受けた。

　その番組を見ながらわたしが考えたのは、「人間が作ったんじゃないもの」を見る、それに触れる、そのことの精神的な徳はたしかにあって、それが現代人の心の健康にとって喫緊の必要事であることはたしかだが、他方、「作ること」――ギリシア語ではそれをポイエーシスという――とはやはりホモ・サピエンスが背負った業（ごう）なのかもしれない、ということだ。人間は、作らずにはいられない。農機具を作り武器を作り道路を作り、都市やダムや橋梁やスペースシャトルや原発やスマホを作り、法隆寺や〈デルフト眺望〉や『２００１年宇宙の旅』も作り、極小ハサミも作り、しまいには生命それじたいまで作ろうとしている。いったん解発（リリース）されてしまった「作りたい」という欲望を、ある時点まで至ったときに自制すべきか否か、そもそもそれは自制しうるのか否か――その問題にはこちたき議論が必要で、わたしはいまはそれには立ち入らない。

しかしともあれ、ひたすら作りたくて、作らずにはいられなくて、様々なものを、無数のものを作りつづけてきたホモ・サピエンスということの特異な動物の営みに、ある種のいとおしさを、延いてはいじらしさを感じるということが、わたしには実はないでもない。可憐なものではないか。個体一つ一つをとってみれば非力で脆弱で短命なのに、よくもまあここまでやり遂げてきたものだ、と他人事のように感心し、頑張れ、頑張れと今さらながらエールを贈ってやりたい気持ちになる。と同時に、もともとは人間が作ったのに、それがついに自然な何かに近づいていった——そんな人工物もまたこの世界に在ることに、それを思うと何か我知らず軀が温まってゆくような、そんな安堵を覚えずにはいられない。原子力発電所がいずれそんなふうに自然と宥和するに至るということは、どうやらこれはありえまい。しかし、歳月を経たふつうの町のさびしい風景には、そうした宥和のさまがたしかにあり、それを体感することには静かな愉楽が伴う。

自然が生きていて、時々刻々変化しつづけるように、そうした都市風景もまた生きている。人工物にも実は生死があるとわたしは思う。人間が作って、結局死んでしまったものを見たければ、廃墟へ行ってみればよい。わたしは廃墟見物も好きである。しかしそこで感じるさびしさは、ふつうの町のさびしい風景がたたえているのとはまったく違った種類の荒涼感である。それはもうすでに終わってしまったもの、一度かぎり静止し凝固して、もう変化を禁じられてしまったものが突きつけてくるさびしさだ。人間の生の時間を超えた「死」の観念、「永遠」の観念によって惹起されるさびしさ、寂寥、郷愁だ。

わたしがこれまで一種の情熱を籠めてやってきたのはただひたすら言葉を織ることで、その点ではわたしもまた「作る人」のはしくれに連なるはずだという不遜な自負もないではない。その場合、言葉の織物にもまた、生きつづけてついに自然と宥和するに至るものがあり、また人々から見棄てられ、変化や流動や新陳代謝の可能性が閉ざされ、つまりは死んでゆくものもある。そういうことだろう。わたしの詩や散文はいったいどちらの運命を辿るのか。

　喫茶店でコーヒーを注文したところまで語って、その後つい埒もない感慨に長々と寄り道してしまったので、上田で過ごした半日の話を最後まで語りきる紙幅が残っているかどうか心許ない。喫茶店のご主人がサイフォンで淹れてくれたすっきりした後口のコーヒーを飲んだ後、わたしたちはそこを出て、夜は歓楽街として賑わう袋町界隈へ向かった。バーや呑み屋が固まっている昼間の袋町は白けた表情をたたえて、ただひたすらさびしかった。

　そこをいっときさまよってからさらに南下し、もう店々が開きはじめている海野町(うんのまち)商店街を冷やかして時間を潰した。中古ＣＤ、中古ＬＰ、古着、古本がところ狭しと並べられた古道具屋さん。名代の「じまんやき」――まあ今川焼だが、控えめな甘さ加減が絶品――を求める人たちで昼前から列が出来ているアイス屋さん。「シャッター商店街」が多くの地方都市で問題化しているが、幸いここはそうした惨状とは無縁だ。上田は実際、活力のある町である。ここまで、小ぢんまりとした時代遅れの田舎町のように描写してきたかもしれないが、そう取られるとしたらそれは誤解で、上田は実は長野、松本に次ぐ長野県の第三の都会なのだ。

もう一つ、わたしにとっては重要なことがある。上田には、駅の南側にはかの有名な千曲川、北側には先に言及した矢出沢川に加えてもう一本の蛭沢川と、つごう三本の川が流れている。歩き回っているとあっちこっちで小さな橋に突き当たり、そのつどささやかな水景に慰められつつそれを渡ってゆくのが楽しい。水が流れている町はやはり良いものだとつくづく思う。

さて、わたしたちが街歩きで時間を潰していたというのは、昼食をとる予定の店の開店時刻を待つためだった。上田はあんかけ焼きそばが旨い。あんかけ焼きそばは上田市民のソウルフードである、というのは、冒頭で触れた家内の友だち――上田出身でいまは東京の出版社で働いている女性――からの受け売りで、真偽のほどは保証できないが、ともあれ上田ではメニューにたんに五目焼きそばと書いてあっても、それは洋風ソース味でもオイスターソース味でもなくすべてあんかけである。あんかけ焼きそばとは、食べながらその過程であんが麺に徐々に浸透してゆくさまを楽しむという、かなり特殊な食べものだと思う。似ているのはやはり、あんかけ炒飯か。家内の友だちのイチオシの店へわたしたちは行き、あんかけの旨さはもとより、麺の焼き加減が絶妙なのも堪能した。

そこでようやく上田映劇の話になる。上田映劇は海野町商店街と並行した、一本南寄りの通りにある映画館だ。一九一七年（大正六年）に上田劇場として開業して以来の、百年を越える歴史がある。二〇一一年に商業映画の映画館としての営業はいったん終了、その後自主上映会の会場やレンタルホールとして使用されていたが、二〇一七年四月から上田映劇再起動準備会の運営によって定期上映を再開した。

良く言えばレトロ調のゆかしい趣きがある、悪く言えば風雨にさらされておんぼろになりかけている外観も、二階席のある内部空間も、わたしなどには懐かしくてたまらなくなる映画館である。かつてはこんな映画館が東京でもあっちこっちの町にふつうにあったものだ。家内は正しくて、わたしはいっぺんで上田映劇のファンになった。ただ、わたしは出来ればぜひ二階席からスクリーンを見下ろしたかったのだが、設備の問題か観客数の問題か、二階が立ち入り禁止になっているのは少々残念だった。

わたしたちはそこでミキ・デザキ監督のドキュメンタリー映画『主戦場』（二〇一八年）を見た。旧日本軍と韓国人従軍慰安婦の関係という重い主題をめぐって、主にインタビューで構成された作品だ。対立する意見をテンポよく組み合わせてこもごも紹介しつつ、徐々にことの真相に迫ってゆく編集の妙が冴えている。人間の顔には、喋っている言葉じたいには現われない内心の思いのみならず、その人の人格や品性まですべて露出してしまうものだという苛酷な事実を突きつけてくる、そくそくと怖い映画でもある。

それにしても上田映劇のような施設が奇蹟的に保存され、そこでこうした映画が上映されているということ一つで、上田市の文化水準の高さが十二分に証明されているだろう。ちなみに上田には線路の南側に大型ショッピングセンターのアリオがあり、シネコンのＴＯＨＯシネマズ上田が入っていて、ハリウッド製のブロックバスター映画などもそこでふつうに見ることができる。

わたしたちは映画を見終わった後、早足で駅まで急ぎ、しなの鉄道の上り電車をうまいことつかまえて、午後遅くにはもう中軽井沢に帰ってくることができた。上田城跡公園は桜、新緑、紅葉のどれもが美しいという。次回はぜひそのどれかの見ごろの時節を選び、また上田に行って散歩してみたい。そのとき上田映劇にまた面白い映画がかかっているといいのだが。

台南

松浦さん、台北（タイペイ）はいいぜえ、と川瀬（かわせ）武夫（たけお）さんが突然言った。早稲田大学教授の川瀬さんはマラルメ研究の泰斗である。

もう六、七年ほども前のことになろうか。わたしたちは、少々混雑していた渋谷発の井の頭線の電車の中で、吊り革につかまって並んで立って、とりとめのない雑談を交わしていた。たしか都内のどこかで何やらフランス文学関係の集まりがあり、それがはねた後、帰宅の方角が同じ川瀬さんと何となく一緒に帰ることになったのだと思う。下北沢、明大前、永福町……と停車しつつ走ってゆく電車の震動に身を委ねながらわたしたちは、マラルメの詩とその翻訳だの、共通の知人であるフランス文学研究者の誰彼の近況だの、フランス文壇の現状だの、あれやこれやどうでもいいような事柄をめぐって時間潰しのお喋りをしていたに違いないが、その委細はまったく記憶にない。

はっきりと覚えているのは、ふと話が途切れたとき、あたかもその一瞬の沈黙を逃すまいとするかのように、川瀬さんが、こちらの顔をいきなりぐいと覗きこみ、そこまでの話題の流れとまったく無関係に、熱っぽい口調で、台北はいいぜえ、と唐突に言ったことである。

ははあ、台北ね……台北はそんなにいいですかね、とたぶんわたしは当惑顔で曖昧に応じたのだろうと思う。マラルメから台北へ、とっさには頭を切り替えられない。

いいんだ、台北はすごくいいんだよ、と川瀬さんが嬉しそうに繰り返す。何だかねえ、あそこは七〇年代の新宿みたいな感じなんだ。おれなんか、もう何度も行っていて、今度また行くんだけどさ、今年はもう二回目なんだ、とひと息に言う。

それでわかったのは、フランス近代詩だのパリの文学事情だのをめぐるわたしとの雑談の間中、川瀬さんは一見まともな受け答えをしているようでも実はずっと上の空で、心の中では、台北はいいなあ、と考えつづけていたに違いないということだった。川瀬さんとわたしはたしかほぼ同い年のはずだから、「一九七〇年代の新宿」という符牒一つで、ああ、あれねと通じてしまうある種の街の、というよりむしろ心の風景がある。そうかそうか、それならきっと台北はいいに違いないな、とわたしは思った。食べものが安くて旨い、人々は日本人に親切で——等々と川瀬さんが熱を籠めて語るのを聞くうちに、その確信はますます深まった。

帰宅して、川瀬さんがこう言っていたよと家内に伝えると、それならぜひ行ってみなくちゃという反応が返ってきた。こうしてわたしたちは生まれて初めて台湾に行くことになったのだ。侯孝賢（ホウ・シャオシェン）とエドワード・ヤンという二人の天才的な映画監督——運命の偶然と言うべきか、ともに一九四七年生まれである――がほぼ同時期にデビューしたときは本当に驚き、新作が出るごとに飛びつくように見て感嘆しつづけてきたものの、わたしたち夫婦と台湾との接点と言えばその程度のものにすぎず、台湾への旅がわたしたちの間で話題にのぼったことなどほとんどなかった。それが、川瀬さんの、台北はいいぜえという不意打ちのひとことにやられて頭がくらっとして、わたしたちは突然台湾に行きたくてたまらなくなってしまったのである。

　そして、台北は本当にいい町だった。もっとも、何十年も昔の新宿みたいと言われては、台北の人々は気を悪くするかもしれない。実際、超高層ビルの立ち並ぶ一角もあるし、経済水準の高さは行き交う人々の身なりからも一目瞭然だし、多くの路線が地下を走るＭＲＴと呼ばれる市内交通網も整然と発達しているし、今日の台北が七〇年代の新宿などよりよほど進化した現代都市であることは言うまでもない。しかし、現代都市でありながら街並みにどこかしっとりした古びた趣きを残しており、それが川瀬さんやわたしなどの世代の日本人に一種の懐かしさを惹起する。

　七〇年代の新宿とは、六〇年代末期の熱病的な喧噪状態がいきなり冷えこみ、うっすらした疲労感、倦怠感の膜がかかったようになった時期の新宿ということでもある。それはむやみな勢いだけが取柄の青春期の青臭さ、はしゃぎよう、気恥ずかしさを脱ぎ捨てて、一種の成熟の気配をまといはじめ、しかしそれでもその後に来たバブル景気、その崩壊、３・11などをくぐり抜けた挙句の、今日のような閉塞状況にはまだ鎖（とざ）されておらず、明るい未来を信じつづける余裕のある、十分に楽天的だった頃の新宿である。庄司薫の「薫くん四部作」の最終巻『ぼくの大好きな青髭』は一九七七年の刊行だが、これはそんな新宿を物語の舞台とし、かつそこに流れている空気をよく伝えている小説だったのを思い出す。

台北の表通りや裏通りをさまよいながら、川瀬さんはなかなか上手いことを言ったものだとわたしたちは改めて感心した。とはいえ、台北が日本人のそこはかとない郷愁をそそるのは、かつての占領時代に日本軍や日本資本の肝煎りで造られた建物などがまだ結構残っているといった理由もあるのかもしれず、風景が懐かしいなどと当節の日本人がいい気になって呟き、安直な感傷を弄ぶのは慎むべきかもしれない。そうは言っても、大陸中国や朝鮮半島などと比べれば台湾の対日感情がずっと良いのは間違いないようで、毎晩たいそうな盛況を呈する夜市の屋台の一つでわたしたちがご飯を食べていると、にこにこしながら日本語で話しかけてくる老人に何人も会ったものだ。これは台湾統治を初期において主導した後藤新平が、むろん今日の目から見ればいろいろな批判は可能だとはいえ、やはりなかなかの傑物だったからではなかろうか。

わたしは大陸中国のいくつかの町にも行ったことがあり、北京には二か月ほど滞在して北京外国語大学の大学院で日本の詩歌と映画を教えた経験もある。それらの町もそれぞれ固有の魅力があって面白かったが、しかし台北はそのどれとも異なって、空気が何かとろりと柔らかい。単純に気候のせいばかりとも思えない。やはり町の空気の中に滲み出す人心の感触が柔らかいのだろうと思う。我(が)を主張し合ってがつん、がつんとぶつかることを辞さない攻撃性が稀薄で、そこに日本の町々と共通する何かがあるような気がする。

　わたしたちは台北市内のあちこちを歩き回り、國立故宮博物院で名品の数々に嘆息し、毎日美味しいものを食べ、満ち足りた数日を過ごした。平渓線（ピンシーシェン）の観光列車に乗って郊外の町を探訪し、またバスで一時間ほどのところにある九份（ジョウフェン）まで足を延ばし、侯孝賢の『悲情城市』や宮崎駿の『千と千尋の神隠し』の記憶の染みついたこの小さな町の鄙（ひな）びた風情を満喫した。九份の狭い坂道に面した茶館の屋上テラスで、香りの高い凍頂烏龍茶を何杯もお代わりしながら、海と陸とが複雑に重なり合う雄大な海景が徐々に夕闇の中に沈みこんでいき、ついに夜になって肌寒い風が吹き出すまでのゆるやかな過程をじっくりと味わいつつ、二時間ほどもぼんやりしていたのは心愉しい思い出である。

　さて、それでいよいよ台南（タイナン）の話になる。せっかく台湾にやって来て、台北だけで帰るのはもったいないから、台湾の京都と言われる台南にはぜひ行ってみたいと思っていた。台北から台湾の新幹線と呼ばれる高速鐵道（高鐵）に乗ると、一時間半ほどで高鐵台南駅に着く。そこで台湾鐵道（台鐵）に乗り換えて、台鐵台南駅までは二十分少々だ。駅から出たとたん、ああ、南国に来たなあと思い、軀（からだ）も心も一挙に弛んだものだ。台北の空気がとろりと柔らかいと先に言ったが、台南まで下ると風土はさらに一変し、「とろり」はもはや精神的な比喩ではなく、文字通りとろとろと人を蕩（とろ）かすような温もりのある南国の空気がわたしたちをいきなり包みこむ。植生ももう完全に熱帯のそれである。

　わたしはもともと南への憧れが強い人間である。南へさえ向かえば何か良いことがあるはずだ、今ここでわたしを悩ませている様々な問題や厄介事のすべてが嘘のようにするすると解決し、心の平安を取り戻せるはずだ、といった、埒もない夢想を振り捨てきれずにいるところがある。そう言えば、あれはずいぶん若い頃だと思うが、「南へ」と題する詩を書いたこともあるのだった（『afterward』所収）。

詩の大部分は「北」の地の寒さ、侘しさ、険しさを語っている。「どこまでつんのめるように歩いても月は昇らず／詩はわたしに訪れない／こんなところまで／来てしまったな／来てしまったのだな」。しかし最後に至って、突然の転調が訪れる。「南へ行こう／温かな夕立ちがいきなりふりだしてはすべてをぐっしょり濡らし／くさりかけた熱帯のくだものの／酩酊をさそうあまい馥りがいたるところにたちこめて／通りすがりのうつくしい女たちは欲望のひかりにきらめく瞳で／わたしをまっすぐに見つめてくる／そんな南の島の浮き立つような街へ」。幼稚でいい気な夢想だが、ユートピアを夢見て心を慰める権利は誰にもあるはずだ、ということにしておこう。

大昔、まだ二十代初めの頃、クリスマスが近い真冬のパリを出発してマドリッドに着いたとき、棕櫚の並木が植わった街路に南国の陽光がかっと照りつけ、その光の強さに、というよりむしろそれとの対比でくっきりと際立った影の濃さに、心浮き立つ思いをしたことを思い出す。その頃暮らしていたパリの暗さ、寒さとの対比で、スペインのSol y Sombra（光と影）が身に沁みて有難いと思ったものだが、台南に到着したときの甘美な解放感からは、そんなはるか遠い記憶が呼び覚まされたりしたものだ。

南の島々へのわたしの愛は、この連載でかつて奄美大島の名瀬について書いたとき少々触れた通りで、わたしはむろん奄美だけではなく、その先の沖縄諸島も先島諸島も好きで、何度も旅を繰り返した。石垣島、竹富島(たけとみじま)、西表島(いりおもてじま)から始まる八重山列島のいちばん端っこの、日本の最西端をなす与那国島(よなぐにじま)にも行ったことがある。「日本国最西端之地」の碑がある与那国島の西崎(いりざき)で夕陽が沈むのを眺めながら、水平線に目を凝らしたが、その日は曇っていて残念ながら台湾は見えなかった。気象条件が良ければ、そこからほんの百十キロほどしか離れていない台湾の山並みがきれいに見えるという話だったのだが。

ともあれ、種子島、屋久島から、奄美、沖縄、宮古、石垣と連なってゆく「琉球弧」をさらに南へ、あるいは南西へ延長していけば、その先に位置するものはもちろん台湾である。わたしたちは「琉球弧」を辿ってついに台湾本島まで行き、しかもその西端近くの台南にまで到達することができた。台南の町を歩き回りながら、何か長い一つの旅の終着点にようやく至り着いたといった思いも湧いてきて、わたしたちは嬉しかったのである。

大都市の台北と比べれば台南は小さな町である。名所旧蹟が点在する古都という点ではたしかに京都に近いが、京都ほどの規模はなく、また京都のように見るからによそ行きの観光都市という感じでもない。要するに、小ぢんまりとしたふつうの町である。基本的には縦横の升目状の街路が四通しているが、曲がりくねった路地があっちこっちに現われ、それを自然に辿ってゆくと思わぬ場所に出たりする。どこにも出なくて結局は行き止まりで、目的地は近いはずなのになぜかそこになかなか行き着けなかったりもする。街並みも雑多で何の秩序もなく、煉瓦壁をめぐらせた堂々たる三合院、四合院の伝統建築とおんぼろの町屋、由緒ありげな古い廟と現代的なマンションが隣り合っている。日本統治時代に建てられた、「日式建築」と呼ばれる白亜の洋館もあっちこっちに残っている（「日本風の洋館」というのもちょっとおかしな概念だが）。

台南運河を境に西に広がる安平（アンピィン）は、台南市でもっとも早く開かれた地区で、古びた奥ゆかしい雰囲気が街並みに残っている。安平老街と呼ばれるこの一角がまた良かった。その中心には、オランダ東インド会社によって一七世紀初めに築かれた城塞の跡である安平古堡がある。そこから東へ延びる延平（イエンピィン）街を歩いてゆくと、屋根に魔除けの「剣獅」（沖縄のシーサーによく似ている）が飾ってある家々が目につく。わたしは前回、上田の柳町のことを書いたが、江戸時代の面影を色濃く残した柳町を歩いていたときの自分の心持ちを甦らせているうちに、何かこれに似たような経験をしたことがどこかであったような気がしてきた。それであちこち記憶のなかを探っているうちに、浮かび上がってきたのがこの延平街の風景で、それで今回台南滞在の思い出を書く気になったというわけである。

延平街からは細い小路が幾本も延びていて、入り組んだ街路をぐるぐる回っているうちに、どっちがどっちだったかふと方向感覚が怪しくなったりする。外国人も含めた観光客が行き交う「文化的」な界隈でもあるのだが、小路の両側には静まり返った閩南（ビンナン）式の赤煉瓦の家が並び、そのなかからは時おり犬の吠え声なども聞こえ、その佇まいからはふつうの人々がふつうに暮らしている生活臭が漂ってくる。それにシーズンオフだったせいか、お土産品を売る屋台が並んで縁日のような賑わいを見せている一部の場所を除けば、わたしたちが歩いた日の安平老街には観光客の姿もそれほど多くなかった。それはたんに、ちょっとさびしい素敵な町だった。

今、旅行中に撮った写真のファイル情報から辿って、あの台湾への旅が二〇一三年の一月から二月にかけての出来事だったことがわかった。写真のなかのわたしたちは、台北ではさすがにコートを着ているが（いかに日本より温暖とはいえ季節は真冬だったのだ）、台南では半袖のTシャツ姿になっている。今から六年半ほど前のことになるのか、と改めて思い、ふと嘆息が洩れてしまう。その前年の三月末日でわたしは大学を早期退職したので、この旅行の頃のわたしはまだ安気な解放感のなかにいたはずである。『明治の表象空間』の本体もほとんど仕上がり、後はただ微調整と註の整備だけが残っているといった段階まで来ていて、ようやく重荷を下ろしかけているという安堵感に浸されてもいただろう。

あの台湾旅行が幸福な思い出を残したのは、当方のそういった心持ちにも由来するのかもしれない。しかし、台湾からの帰国直後からわたしの身辺にはいろいろなことが起こり、猫や犬の死のような辛い出来事もあり、静穏な余生をおくるというもくろみに大幅な狂いが生じることになってしまった。まあそういう成り行きになるからこそ人生は面白いのだとも言えるだろうか。

ときどき台南のことを思い出す。前回、上田をめぐって一文を草したとき、こんな町が自分の故郷であってもよかったという、不思議な懐かしさを感じさせてくれる町だ、と書いたのだった。一方、台南からは、それに似た郷愁を惹起されるということはなかった。ひょっとして運命の歯車の噛み合わせが一つ二つずれていたら、自分はここに生まれ育っていたかもしれない、といった想像的な妄念を抱いたわけではなかった。ただ、その代わりに、もしできることなら、人生の残りの時間をこんな町で過ごしてみたいという痛切な思いが込み上げてきたのは事実である。何しろ街並みが良い、人心が温かい、食べものが美味しい。

　台南の小吃《シャオチー》（軽食）は有名なだけのことはあり、小腹が空くと目についた屋台店のベンチについ座りこみ、何やかや注文してしまうのだが、実際、台南で食べる小皿料理はどれもこれも本当に旨い。蝦仁飯《シャーレンファン》（小海老の炊き込みご飯）、擔仔麵《タンズイミエン》（そぼろ肉入りのラーメン）、八寶肉粽《バーバーロウゾン》（ホタテ、シイタケ、茹で卵の黄身などが入った粽《ちまき》）、魚丸湯《ユィワンタン》（魚のすり身団子のスープ）、等々、もしこの町に住むことになったら毎日食べても決して飽きはしまい。

　しかし、台南のような名所旧蹟や文化遺産の点在する古都でなくても、ここなら幸福な余生をおくれそうだと感じさせてくれる町は、台湾には他にたくさんあるような気がしてならない。そんな町を探しにまた台湾へ行ってみたい。余生などと収まり返ったことを言い出すのはおまえの歳でまだ早い、そもそもそれに幸福な、などといういい気な形容詞を付けるのは不遜で生意気だ——と叱られるかもしれないが、吉田健一が「余生の文学」というエッセイを書いたのは一九六八年、彼が五十六歳のときである。そして吉田はそれから十年も生きず、享年六十五で死んでいる。余生を過ごす場所の目星を今からつけておくに越したことはない。

あのときは結局、台北と台南しか行けなかったが、今度はぜひ台中(タイヂォン)にも高雄(ガオシォン)にも、それから観光客のあまり行かなそうな小さな町の数々にも行ってみたい。台湾島の東海岸に沿って走る台湾鐵道のローカル電車に乗って、ところどころ途中下車を繰り返しつつ、何日もかけてゆっくりと南下ないし北上していったら楽しいのではないだろうか。そんなのどかな旅に出る心と軀の余裕はいつになったら訪れるだろう、とふと思い、しかし、いつになったら——などと覚束ないことを言ってるうちは、余生などに思いを馳せるにはまだやはり早いのかもしれないと思い直したりもする。

吉田健一にとって余生とは、何かが終わった後の時間である以上に、むしろ何かが始まる時間のことだった。「余生があってそこに文学の境地が開け、人間にいつから文学の仕事が出来るかはその余生がいつから始るかに掛っている」(「余生の文学」)。「文学の境地」がわたしの前に本当に開けるのはこれからだと信じたい。

コネマラ

前回、台南のような町で余生を過ごせればという漠とした夢について語ったが、それにつけても思い出されることがある。アイルランドのコネマラ地方のカイルモア修道院を訪れたとき、というか正確には、コネマラ山地の荒漠とした風景を横切って車を走らせていき、ポラカポール湖（ロッホ）の岸辺に建つその建物がフロントガラス越しに望見されたとき、ああ、あんな場所に、あんな建物に住んでみたいものだと不意に思ったのだ。ロラン・バルトの、たしか『明るい部屋』だったと思うが、グラナダのアルハンブラ宮殿の写真が卒然と挿入され、それに「こんなところへ行って暮らしてみたい」という、いかにもバルトらしいやや頓狂なキャプションが添えられていた。たぶんそれが頭にあったのだろうと思う。

王侯貴族でもないのにスペインの宮殿で暮らしたいと夢見ても始まらない。修道僧でもないのにアイルランドの修道院に住んでみようと思い立っても意味がない。しかし、そんな突拍子もない欲望をふと抱かせてしまう建築物というものがある。カイルモア修道院は何しろロケーションがすばらしかった。かなり急峻な山の斜面が湖岸に向かって下ってくる、そのぎりぎりのきわのところに、垂直線を強調するネオゴシック様式の優美な白亜の城館がひっそりと建っている。あたりいちめん寥々（りょうりょう）たる景色のただなかで、圧倒的な自然の圧力に抗して人間の営みを静かに主張しているかのごとき、そんな凛々しく潔い佇まいが実に美しく、ただちに魅了されずにはいられない。

案外、わたしのなかには、「南」の誘惑にだらしなく身を委ねたいという弱さとともに、何とかそれに抗って「北」の厳しさに対峙していたい、その対峙が要求する身の引き締まるような緊張感を何とか持ちこたえつづけていきたい、といった殊勝な志もあるのかもしれない。その緊張感を爽快と感じる感性もあるのだろうか。いま改めてふとそう思う。しかし、あっさり認めて土俵を割ってしまうなら、わたしのなかで「北」は結局「南」に負けることになる。負けるだろう、負けざるをえない、それでいったい何が悪いのか、という安直な居直りもなくはない。何らかの超越的な価値を信じ、それに自分の生を賭けて悔いはないという強い決意と引き換えにということでないかぎり、人は「北」の地での求道的な禁欲には耐えられまい。少なくともわたしにはそれは不可能だ。そして、わたしは自分の精神の内部のどこをどう探っても、そこに超越性への契機を見出すことはできない。

もっとも、ひとたびカイルモア修道院——ただし修道院としては現在は閉鎖され、一部の部屋がミュージアムとして観光客に開放されているだけだ——のなかに入ってしまうと、窓越しに見える湖の水景こそすばらしいながらも、だだっ広い内部空間はあまりにも寒々としすぎていて、また宏壮な館に見合った豪奢な調度も貧乏性のわたしにとっては落ち着かないことこのうえもなく、ここに住んでみたいという気持ちは早々に萎えてしまった。しかし、もともとの来歴を辿るならたしかにこれは、「住みたい」という欲望の具現物としての「家」ではあったのだ。修道院として使われるようになる以前に、そもそもは一九世紀半ば、ミシェル・ヘンリーというロンドンの富豪が、ハネムーンでコネマラ地方を訪れた際、この地の風土に魅せられてしまった愛妻マーガレット・ボーンのために建てたものだという。ヘンリー氏にとってこの「北」の地は、求道的な禁欲どころかむしろ官能と悦楽の場であったのだろうか。

さて、わたしがなぜアイルランド西部の辺鄙な山地に来る気になったかを、まずひとこと説明しておかねばなるまい。実を言えば、アイルランドという国じたいにはそんなに深い思い入れはなかった。イングランドやスコットランドと比べると、わたしのなかでアイルランドの影は薄かった。ただ、コネマラ地方には一度どうしても行ってみたかった。ふだんはすっかり忘れていても、コネマラという呪文のような一語がわたしのなかのどこかにいつもひっそりと滞留していて、ふとしたはずみにそれが意識の表層に浮上し、気がつくとコネマラ、コネマラと呟いていることがあった。そんなふうにして数十年もの歳月を過ごしてきたのである。

では、なぜコネマラなのか。それが歌手ミシェル・サルドゥーの一九八一年のヒット曲「コネマラの湖」から来ていると告白することに、多少の羞恥心が伴わないでもない。何を隠そう、わたしはサルドゥーのファンなのである。
一九四七年生まれのミシェル・サルドゥーは、わたしがパリで暮らしていた七〇年代後半から八〇年代初めあたりの頃はまだ三十代の前半の美青年で、黒のスーツ、黒のシャツに身を固め、眉根に皺を寄せほとんど笑みを見せることなく朗々と熱唱する彼のステージ姿にも、強い自信が漲るその美声にも、俗な比喩で言うなら、「悪魔のような」魅力があった。オランピア劇場でのコンサートには何度も通ったものだ。バルバラもジルベール・ベコーのステージも素敵だったが、わたしの贔屓はともかくサルドゥーだった。

彼の初期のヒット曲の一つである「いつものように(コム・ダビチュード)」(もともとはクロード・フランソワの持ち歌だが)は、ポール・アンカの手で英語の歌詞が付けられて「マイ・ウェイ」となり、フランク・シナトラが歌って大ヒットすることになったのだが、本来のフランス語の歌詞は、成功者の自己満足と通俗的な人生訓を吹聴する「マイ・ウェイ」とは異なって、同棲相手だか妻だかとの気持ちのすれ違いを軽くスケッチした、さみしい私小説の一断面のような内容である。それをちょっぴりシャイな美声でしんみり歌うサルドゥーは、何とも言えずセクシーだった。

そのサルドゥーがなぜアイルランド西部の荒蕪の地を主題とした歌を歌うことになったかはよくわからない。歌詞はピエール・ドゥラノエとサルドゥーの共作、作曲は「いつものように」と同じジャック・ルヴォー。ジョン・フォードの映画『静かなる男』にインスパイアされた部分もあるという。「あまたの湖の周囲は/石の荒野から吹きつける/風に焼き焦がされた土地／それは生者たちのためのもの／どこか地獄にも似た／コネマラ地方／北方から流れてくる黒雲が／大地を、湖を、川を彩る」（「コネマラの湖」）。

サルドゥーはマッチョ、右翼、人種差別主義者、はてはファシストとまで謗（そし）られてきた歌手で、コンサートではそうした自分への悪罵を冗談の種にすることもあったが、わたしの見るところ、右であれ左であれ大して確固たる思想信条の持ち主というわけではなく、まあきわめて上質なエンターテイナーの一人にすぎない。実際、社会主義者のミッテランを政治家として尊敬していると公言していたサルドゥーがいったいなぜ右翼なのか。ともあれコネマラの自然の壮大を、イングランドの圧政に苦しんできたアイルランドの苛酷な歴史に絡めつつ勇壮な迫力で熱唱する「コネマラの湖」のような歌は、マチズモとも人種差別ともフランス愛国主義ともまったく無縁である。

彼処では、コネマラでは
人は知る、沈黙というものの代償のすべてを
彼処では、コネマラでは
人は言う、生とは狂気にほかならないと
そして、その狂気に乗って
人は踊るのだと

この“On dit que la vie/C'est une folie/Et que la folie,/Ça se danse.”という部分など、まことにすばらしい。さらに先のほうでは、「人はその地になおも見る／魂の平安を求めて／外つ国からやって来た人々を／そして心のために／より良きものの味わいを」とも歌われている。わたしがコネマラ、コネマラと呟くようになってしまったのも宜なるかなというところではなかろうか。

たとえて言うなら、日本語の魅力に目覚めて萩原朔太郎の詩の研究を志すようになったフランス人青年がいるとして、日本に留学して暮らすうちに、石川さゆりの熱烈なファンになり、その挙げ句、冬の津軽海峡を見に行きたくてたまらなくなってしまった。まあそんなことがわたしの身の上に起こったわけだ。ミシェル・サルドゥーってどんな歌手なのと訊かれて、まあフランスの井上陽水みたいなもんだよ、でもちょっと加山雄三的な何かも入っているかな、などと答えることがある。しかし、老齢に入ってからのサルドゥーのステージのさまをYouTubeで見て、当然中高年以上の年齢層が多い観客の熱狂ぶりを目の当たりにすると、これはどうやらフランスの北島三郎かなと思わないでもない。サルドゥーのファンを自称することを多少羞じらう気持ちもあると先に書いたゆえんである。

しかし、実際にコネマラの地に身を置くまでには、それからずいぶん長い歳月が流れた。二〇一五年の十一月、初夏に犬が死んで以来数か月にわたって深い気鬱の淵に沈みこんでいたわたしたち夫婦は、このままでは病気になってしまう、ともかく立ち上がって歩き出さなければ、とようやく言い合うようになった。そのためにはまずとりあえず旅に出よう。それも外国がいい。では、どこへ行くか。そのとき、コネマラというあの呪文がわたしの頭に卒然と甦ってきた。「魂の平安を」「そして心のために／より良きものの味わいを」求めて、コネマラへ行こうと思い立ったのである。

家内はダブリンとその近郊に行ったことがあったが、わたしにとってはアイルランドは初めてである。ダブリン空港に降り立つと、まずはともかくホテル・グレシャムに荷を解いて、そこに何泊かしながらジョイスの『ダブリナーズ』や『ユリシーズ』で親しんでいたこの町を見物して回った。グレシャムは『ダブリナーズ』にも出てくる、良い感じに古びた素敵なホテルである。そして、小ぢんまりしたダブリンという町じたいも実に素敵で、なぜもっと早く訪れなかったのかと後悔することになった。これはまさにわたしが好きになった「さびしい町」の一つにほかならず、従っていずれこの連載で取り上げることになるかもしれないから、ここではダブリン滞在の話は省略する。ただしそんなことを言うなら、ダブリンの後、次々に宿泊していったゴールウェイも、クリフデンも、ドゥーリンも、アデアも、ディングルも、ケンメアも、コークも、どれもこれも本当に魅力的な「さびしい町々」だったのである。

ダブリンでレンタカーを借りて西へ向かった。最初のうちは、なだらかに起伏する緑の丘々の斜面に羊たちがのどかに草を食むといった光景が続いて、まあイングランドとあまり変わらないなと思ったものだが、西へ進むにつれて緑はだんだんと薄れ、土と岩が剝き出しになった荒寥とした景色がそれに取って代わってゆく。ゴールウェイで一泊した後、曲がりくねった道路を辿って、いよいよコネマラ地方へ入ってゆくと、そこには想像していた通りの、圧倒的な魅力のある無人の荒野が広がっていた。

たんに地の窪みに天から降り注いだ水が溜まっただけといった風情の、大小の湖が次から次へと現われる。もはや人家もない。寂寥、空漠、悽愴。すべては太古からこんなふうだったし、未来永劫こんなふうでありつづけるだろうと思われる。かつてスコットランド北部で見た風景とも似ているが、湖と川の連なりの趣きや光の具合がどこか違う。なるほどたしかに、こんな土地に住み着いて長い月日を過ごすようなことにでもなったら、時としてふと、生とは狂気であり、しかもそれはひとりでに踊り出すような狂気であるといった感慨が迫ってくるだろうな、とわたしは納得した。その狂気が魂の安息への希求と矛盾するものではないことも、直観的にわかった。

そんな野生の自然に抗するように建っている優美なカイルモア修道院を見物した経緯は、冒頭で触れた通りだ。そこの付設の食堂で軽い昼食をとり、少し息をついた後、わたしたちはコネマラ国立公園の入り口へ向かった。ところが公園に着いてパーキングに車を置き、歩いてゲートまで行ったところでちょっとした失望を味わうことになった。その季節、公園の主要部分は閉鎖されているというのである。

せっかく日本からわざわざ飛行機と自動車を乗り継いでやって来たのに、とがっくり肩を落とさなかったわけではないが、この連載の初回で述べたナイアガラの滝の見物——という か見物のし損ない——以来、こうした不運に見舞われるのはわたしたち夫婦の旅の常態みたいなものであり、いわば耐性が出来ているから、大してめげるということもない。またか、という感じである。何でいつもこういう成り行きになるんだろうねえ、と嘆き合いながら、ともかく閉鎖されていない区間だけは歩いてみようと、遊歩道に足を踏み入れた。

しかし、そこを歩き出してすぐ、公園の奥まった地域が閉鎖されているのは理由のないことではないのだとわかった。軀(からだ)を骨の芯まで凍えさせるような寒さも寒さだが、何しろ風が強い。びゅうと吹きつけてくる突風で、ともすれば斜面のへりを伝う道から谷底に吹き飛ばされそうになる。三十分ほどかけて短いコースを一巡し、行き逢った黒人のカップル――行き逢った観光客はそれ以外にはほんのひと組かふた組程度だった――とカメラを交換して写真を撮り合い、それでもう音を上げて、ゲートに引き返してきた。山のうえのほうまでずっと登っていけたら、たぶん、はるか地平線まで広がるもの凄まじい荒れ野の風景を一望のもとに見渡せるといった展望ポイントがあったりしたのだろうが、まあそうまでしなくても、コネマラはもう十分堪能したというのがわたしたちの気分だった。

その後わたしたちは、大西洋に面したアイルランド西海岸を南下し、先に名前を挙げた町々にそれぞれ一泊ずつしながら、暢気な自動車旅行を続けた。複雑に入り組んだ海岸線に沿って、広くなったり狭くなったりする道路がどこまでもどこまでもうねうねと続く。このルートはWild Atlantic Wayと名づけられて整備され、「ＷＡＷ」と特徴的な書体で書かれた標識が規則的に立っているので道に迷う心配がない。その過程での見聞でも、書いておきたい面白いことがいろいろあったが、もはや紙幅がない。最後に南部の都市コークまで行ってそこで車を返却し、大規模なテロが起きた直後のパリに向けて飛行機で発って、わたしたちのアイルランド旅行は終わった。

求めていた「魂の平安」と「より良きものの味わい」を、わたしたちはコネマラで得られたのか、どうか。その問いに即答するのは難しいが、コネマラはただひたすらさびしく、そしてそのさびしさが極上の慰藉だったことはたしかだ。そこに、おのずから踊り出すような狂気の微香がひとすじ紛れこんでいるにしても、である。というか、わたしたちは世間の人々に立ち混じってあたりさわりなく振る舞いつつ、取り澄ました顔で暮らしているけれど、生の実相とは結局は狂気のダンスにほかならず、ふだんはたんにそれを忘れたふりをしているだけなのだから、たまには人間の尺度をはるかに超えた自然の荒寥に触れるといった体験を契機に、それをなまなましく思い出すべきなのだ。そして、そんなふうに仮初の日常の底に潜むひとすじの狂気の味わいに触れることこそ、真の慰藉を得るための唯一の途なのではないか。

アイルランドは食べものも美味しいし、人々も人情が濃やかで親切だ。風景をスコットランドと比較したさっきの話の続きで言えば、スコットランド人も実はとても親切で温かい心を持っているのだが、ちょっと内向的でシャイなせいか、初対面の取っ付きは悪いところがある。それに対してアイルランドの人たちは社交的で人懐っこく、にこにこしながらいきなり話しかけてくるようなところがある。その日のドライブの行程を終えた安堵を嚙み締めつつ、パブの片隅で一パイントのギネスを少しずつ啜っていると、だんだん酔いが深まって、ゆったりした宵の時間が経ってゆく。アイルランドのパブでドラフトで注いでくれるギネスビールは、日本で買える瓶入りのギネスとは別もののように旨い。パブの雰囲気とか付け合わせの食べもののせいでそんな気がするだけなのかとも思うが、どうもそればかりでもないようだ。コネマラの風景だけではなくそうしたすべてが相俟って、わたしたちがどうにかこうにか気鬱の淵から這い上がって、新しい人生のステージに向かって飛びこんでゆくためのきっかけになったようである。また近いうちアイルランドを再訪するのが楽しみでならない。

　ところで、ミシェル・サルドゥーも今年（二〇一九年）で七十二歳になった。先に触れたように、年取ってからの彼のステージもYouTubeで見ることができるが、白髪になったサルドゥーはすっかり肥ってしまい、息が短くなって（インタビュー映像を見ると若い頃から煙草をすぱすぱ吸っていたから、そのせいかもしれない）、かつては歌のクライマックスで声を張ると青空に向かってどこまでも伸び広がってゆくようだった彼の勇壮なベル・カントは、もはや影もかたちもない。瞳にも力や生気がなく、どんより濁った光しか放っていない。ぎっしり満員になった観客はそれでも大喜びしているが、何だかごくふつうのフランス人のおっさん（un Français moyenというやつだ）が、サルドゥーの歌の不器用なカラオケをやっているのを見ているようで、無慚と言うほかはない。七十代前半のシナトラはこれよりはるかに迫力のあるパフォーマンスをやってのけていたのに、と舌打ちしたくなる。

　決して他人事ではないけれど、老いというのはやはり哀しいものだ。「最後のダンス」と題した二〇一七年のコンサート・ツアーをかぎりに歌手としては引退し、以前から続けていた舞台俳優としてのキャリアに専念するつもりだという。サッシャ・ギトリのブールヴァール劇などではきっとある種の存在感がある演技を見せるには違いないから、機会があればぜひ見に行ってみたい。ちなみに、「最後のダンス」というのも彼の名曲の一つだ。

パリ十五区

以前、パリでの留学生生活の最後の日にヴィル＝ダヴレーに行った思い出を語ったが、その日に引き払ったアパルトマンがあったオーギュスト・ヴィテュ通りとその周辺について、少しばかり書きとどめておきたい。

オーギュスト・ヴィテュ（一八二三―一九一）は一九世紀中葉から後半にかけて活躍した文人で、政論、文芸批評、劇評、小説などを大量に書きまくったようだが、そのどれ一つとしてわたしは読んでいない。渡仏する前に恩師の阿部良雄（あべよしお）先生にお目にかかって、そういう名前の通りに住むことになりましたと報告したついでに、オーギュスト・ヴィテュっていうのはしかし、いったいどういう人なんでしょうねえ……とぼんやり呟いたら、今は亡き阿部先生から、ははあ、そりゃあまあ君なんかはもちろん知らないだろうけど、と当方の無知を憫笑されたことを懐かしく思い出す。ボードレールなど第二帝政期のフランス文学を研究している専門家にとっては、きっと周知の名前なのだろう。

この人物自身はたぶん凡才で、批評にせよ創作にせよ、後世まで読み継がれるような傑作は一つも遺さなかったが、それでも同時代の文壇ではそれなりの存在感と影響力があったのか、レジオン・ドヌール勲章を貰い、ナダール撮影の肖像写真も残っている。すぐ行き止まりになってしまう小さな通りとはいえ、地名に名前を残すくらいの名士ではあったわけだ。ヴィテュはパリ近郊のムードン生まれで、終焉の地はパリ八区だというから、今オーギュスト・ヴィテュ通りがある十五区とはとくに縁があったわけでもないらしい。

日本でワンルームマンションと言うような小さなアパルトマンのことをフランスではステュディオと呼ぶが、オーギュスト・ヴィテュ通りのそのステュディオにわたしが居を定めたのは、そこに暮らしていた中世文学研究者の月村辰雄（つきむらたつお）さんの帰国とわたしの渡仏のタイミングが重なり、ちゃっかりと後釜に収まることができたという成り行きからだった。

パリ市は二十の行政区に分かれており、中央部の一区から時計回りに螺旋を描くように番号が振られている。パリの真南を占めるのが十四区、地図で言えばその左側が十五区で、さらにその左側、アポリネールの詩で有名なミラボー橋を渡ってセーヌ川を越えると、広大な「ブーローニュの森」を擁する十六区に入ることになる。十四区には、世界各国の肝煎りで運営される学生寮が集まった国際大学都市がある。わたしは最初の留学時にはその一角を占める日本館に住んだが、いったん帰国し二年間の中断を経て、博士論文を仕上げにもう一度パリへ戻ったとき、今度はそういう外国人学生用の特殊な空間ではなく、ぜひともふつうの街中で暮らしてみたかった。

街中の安い住まいならどこでも良いと思っていたところへ、先輩の月村さんの住んでいたステュディオが空きそうだという話が来た。それに飛びついてすぐ決めてしまったので、十五区に住むことになったのはまったくの偶然である。しかし後になって、十五区は実にわたし向きのさびしい町で、結果的にはとても良かったなとしばしば思うことになった。

数字がひと桁代の区が集まるパリ中心部は観光名所が目白押しで、観光客がひしめき合い、一年中お祭り騒ぎのようになっていて、落ち着いた気持ちで暮らすには向かないことは明らかだった。部屋代も高い。それでも、学生街のカルチエ・ラタンがある五区に住めば、ソルボンヌやコレージュ・ド・フランスにすぐ行けて便利は便利だろうとか、また六区の、サン・ジェルマン大通りとセーヌの間に広がる、くねくねした小路が入り組んだ界隈など、古道具屋だの画廊だの小洒落たレストランだのが点在し、ぶらぶらと無目的に散歩するのは実に楽しいから、住んでみたら面白かろうとか、そんな気持ちもなくはなかった。ただパリの場合、カルチエ・ラタンにもサン・ジェルマン・デ・プレにも、結局はメトロやバスですぐ出られるわけで、実際上はどこに住んでもさして変わりがないようなものだ。二十区まであるパリ市の全体は実はとても小さくて、端から端まで歩いても二、三時間しかかからない。シャイヨー宮のシネマテーク（まだそこにシネマテークがあった時代の話である）でフレッド・ジンネマンの『ジャッカルの日』を見終わったらメトロの終電が出てしまっていて、深夜の街を歩いて十四区の日本館まで帰る羽目になったときのことを、『エッフェル塔試論』（筑摩書房、一九九五年刊）の「跋」に書いたことがある。

映画批評家になろうとしていた梅本洋一が、五区の側のサン・ジェルマン大通りに面した建物の、最上階の屋根裏部屋に住んでいて、近所に映画館が沢山あって歩いて行けるから非常に便利だと言っていたことを思い出す。どこで手に入れたのか、彼は小さなスクーターを愛用していて、シャイヨー宮までだってスクーターを走らせれば、おれ、車の通らない抜け道を知ってるからさ、渋滞に巻きこまれずに十五分で行けるんだぜなどと自慢していたものだ。しかし、そのアパルトマンに遊びに行って話しこんでいると、深夜になってもサン・ジェルマン大通りの交通量はけっこう多く、建物の天辺近くのそのアパルトマンまで騒音や排気ガスが這い上がってくるのが少しばかり神経に障って、慣れてしまえばそれまでなのだろうがこれはどうもわたしには向かないなと思わなくもなかった。

わたしたちは二人ともまだ二十代の半ばだった。今から四十年も前のことになる。豪放磊落を装いつつ実は周囲の人に細かく神経をつかう優しくて楽天的な梅本が、信じられないような早世を遂げてしまってから、数えてみるともう六年半にもなる。意地の悪いところがいっさいないあんな好漢を、わたしは他に知らない。

さて、わたしが一年数か月暮らすことになった十五区は、さしたる個性のない区である。観光の目玉になるような名所旧蹟がないのはもとより、十区と十九区に跨るベルヴィル界隈のようなアラブ人街もなければ、十三区のプラース・ディタリーからポルト・ディヴリーにかけて広がっている中華街もない。アラブ人や黒人や東洋人はパリの他の地区同様、ふつうにちらほら目につくが、相対的には外国人が少なく、際立ってエスニックな空気は流れていない。また、お隣りの十六区のようなお金持ちの住む高級住宅地ではなく、ごく平均的な庶民の町である。言ってみれば面白味に乏しいふつうの町で、それがわたしには快かった。

この平凡と無個性を端的に示すのが、どこまでも真っ直ぐに、単調に、愚直に続くコンヴァンシオン通りである。小公園（スクワール）、教会、食料品屋、官庁の出張所……。東西に延びるこの通りを、どっちに向かう場合であれ、てくてく、てくてくと、半ば倦み果てるようにして歩きながら、生きるというのは結局こういうことなのかもしれないな、といった凡庸な感慨に囚われることもないではなかった。この通りを西へ進むとセーヌに突き当たり、そのままミラボー橋へと続くのだが、その直前あたりで直交している小路がオーギュスト・ヴィテュ通りである。ミラボー橋のたもとにあるメトロの駅の〈ジャヴェル＝アンドレ・シトロエン〉から、歩いて一、二分しかかからない。

このメトロの駅名にシトロエンの名前が添えられているのは、そこからセーヌ河岸を少々南へ下ったあたりに、シトロエンの工場があったからだろう。ただ、わたしが暮らしていた頃には工場はもう閉鎖され、周囲に柵がめぐらされたその敷地は、赤土が剝き出しになった工事現場と化していた。クレーンやブルドーザーがのろのろ動いて何かの工事を続けている気配もあったが、たんに棄て置かれ、荒れるに任せた空き地という感じでもあった。今はそこには、きれいに整備された広大なアンドレ・シトロエン公園が出現している。

あの界隈のことを書こうと思い立ち、ここ何日かぼんやりと記憶のなかを探っているうちに、とっくのとうに忘れていたはずのつまらない細部の数々が不意になまなましく甦ってきたのには、たじろがないでもなかった。自分のステュディオから廊下に出て、すぐ近くにあるエレベーターの前に立ち、ボタンを押してそれが昇ってくるのを待つ。何しろ時代がかった旧式の代物だから、まずモーターがウィンウィンウィンと唸り出しケーブルが巻き上げられて、ガタゴト揺れながら乗り籠がゆっくりとせり上がってきて、わたしの前でゴットンと音を立てて静止する。格子の嵌まった鉄扉をまず開け、次いでガラス窓のついた両開きの木製の内扉を押し開け、そのなかに乗りこむのだが、その外扉の鉄の取っ手を握ってぐいと回すときの、皮膚がそこに凍りついてしまいそうな——というのも大袈裟だが——冷たさと、ガチャリという重い手応えがいま右のてのひらに甦ってくる。

近所の肉屋でステーキ肉を買うとき、ご主人が肉のかたまりを出してきて、どのくらいの厚さにするかと訊きながら包丁でスライスしてくれるのだが、その包丁がゆっくりとだが確実な速度で肉のなかに食い入ってゆくさまが、よく肥った猪首のご主人の赤ら顔とともに甦ってくる。とある日の夕刻、ミラボー橋の欄干にもたれてセーヌの水景をぼんやりと眺めていたとき、何をとち狂ったのか一羽の大きなカモメがいきなり橋上の路面に降り立ち、通りかかった自動車のクラクションに驚いてそそくさと飛び立っていったのだが、そのカモメが川下の夕空のはるか彼方まで飛んでいき、けし粒ほどになるまでを目で追っていたときの、はるかな思いのようなものが甦ってくる。

過去の想起という行為の不思議なメカニズムにはつくづく驚かされる。わたしには専門知識がないので、頓珍漢なことを言っているかもしれないが、記憶とは要するに脳内のニューロン同士の特異な結合様態の保持であろう。四十年も経てば、全身の細胞ももうとっくにぜんぶ入れ替わっているのだし、ニューロンの結合といった不安定で頼りない化学的状態など、とうにほどけてしまって当然と思われる。実際、博士論文の完成に至る過程とか論文審査の情景といった、パリ滞在の目的そのものをなすそうした重要なエピソードはむろんはっきり覚えているものの、大部分の些末な思い出は、そんなふうにほどけて溶けて消えてしまった。消えてしまったと思いこんでいた。

しかし、歳月の摩滅に耐えて生き残ったものも、何がしかはあったのだ。それらは溶解し去ったかに見えて、脳のシナプスのネットワークのどこかに保持されつづけ、それを探り出そうとする意識の体制がかたちづくられるや、ただちにではないけれど、意識の触手が記憶の世界をまさぐりつつ数日とか数週間といった時間がゆっくりと流れるままに任せてゆくうちに、あるとき不意にどこからともなく現われ出てくる。

人文科学の研究者の仕事は、結局本を読み、読んだことについて考え、考えたことを書くという作業に尽きている。博士論文の主題はアンドレ・ブルトンだった。わたしはブルトンの本、彼について書かれた本、彼の同時代人が書いた本、彼の生きていた時代の思潮や文壇や政治状況に関する本、文学研究の方法論に関する本などを読みつづけた。当時はまだリシュリュー街にあったパリ国立図書館（当時はそういう名称だった）に通い、サンシエのソルボンヌ・ヌーヴェルの授業に出席し、ひたすら原稿を書き進めていった。書いたものが数章ずつ溜まるたび、指導教官のミシェル・デコーダン先生に読んでもらっては感想を聞きに行った。

デコーダン先生はアポリネールの専門家で、プレイヤッド版のアポリネール全集の校訂の他に、『象徴主義的価値の危機——フランス詩の二十年：一八九五—一九一四』という大著がある。彼自身は手堅い実証派で、ぶっても叩いても壊れないような学識を結集しつつ、それを文学的な香りの高い流麗な文章で展開する碩学だった。ソルボンヌ流の「旧批評」派でもあの世代の文学史家のなかには、雅趣のある文章を書ける人がまだいた。ブルトン研究者で言えば、記念碑的名著『アンドレ・ブルトン——シュルレアリスム的冒険の誕生』の著者のマルグリット・ボネなどもその一人である。名文家だったのは何もジャン゠ピエール・リシャールやロラン・バルトばかりではないのだ。歳月は流れ、今や、バルトの弟子で、実直で良い人なのだろうが名文家とはとうてい言えない（そして師の文章の身体性もラディカリズムも継承しなかった）アントワーヌ・コンパニョンなどがコレージュ・ド・フランス教授のポストに収まるような時代になってしまった。

デコーダン先生は、この連載の初回で触れたトロント大学でのコクトー・シンポジウムに、フランスからのゲストの一人として呼ばれて来ていて、二十数年ぶりかでわたしは恩師に再会した。大きな笑みとがっしりした強い握手で再会を喜んでくれながらも、いやはや、君の博論は難しかった……と真顔で言われて恐縮した。皮肉を言うような人ではなかったから、たぶんわたしの、少々奇矯であったに違いない論文——それについて語り出すと話がとめどもなく長くなるのでここでは触れない——に本当に困惑したのだろうが、ともかく最後まで細かく読み、博士号をとるところまで面倒を見てくれた。わたしの感謝の思いは深い。コクトーのシンポでもわたしの発表が終わったとたん、先生は誰よりも先に演壇まで小走りに寄ってきて、とても良かったよと褒めてくれたものだ。ともかく親切な人だった。あのシンポの後ほどなくしてお亡くなりになってしまったと聞いた。

生活費を稼ぐ必要に迫られて、真冬のいっとき、SF小説の翻訳をやっていた時期がある。あれは辛い日々だった。完全に昼夜逆転の生活になり、夜を徹して翻訳を進め、朝の六時だか六時半だかになるとコンヴァンシオン通りのパン屋が開店するので、焼きたての香ばしいクロワッサンやバゲットを買ってきて朝食だか夜食だかをとり、さらに少し仕事をしてから床に就く。そんな日々がひと月ほども続いたか。

まだ薄暗い早朝の静寂のなか、冷たい空気が頬をひりひりと刺すのを感じながらオーギュスト・ヴィテュ通りを歩いて、コンヴァンシオン通りに曲がると、店内が明るく灯ったパン屋が見え、入ってゆく人、出てくる人の姿が見えてほっとする。躯（からだ）が不意に温まってくるようなあの安堵の感覚もいま不意に甦ってくる。そのSF小説――ミシェル・ジュリ『熱い太陽、深海魚』はサンリオSF文庫の一冊として刊行されたが、やがてこの叢書じたいが終刊となってしまった。フィリップ・K・ディックの亜流といった趣きが強く、独創的な傑作とは言えまいが、洒脱なアイデアを詰めこんだ力作だとは思う。あれで貰ったたしかちょうど百万円ほどの印税でようやく息をついたものだ。

しかし、そのアルバイト翻訳の期間も含め、パリ十五区で暮らした一年数か月はともかくなかなかしんどい時間だった。日本の大学で机を並べていた同級生たちが同じ時期銀行マンや外交官となってパリに赴任してきていて、引け目を感じずにいられなかった次第は「ヴィル゠ダヴレー」の回に書いた通りだ。彼らのおくる充実した職業生活を横目で見ながら、小さなステュディオに引き籠もって何の銭にもならぬ文学研究の論文を書きつづけるのは、けっこうの胆力と信念が要る苦役だった。たとえ論文が書き上がって審査に通るとしても、その先の人生行路の見通しはまったく立っていない。困ったな……とわたしは思っていた。この連載ではそうしたことにはいっさい触れる気はないが、深刻な情動的危機のなかにもわたしはいた。胆力も信念もともすれば尽き果てそうになっていた。

マレーシアのイポーでの思い出を語ったとき、疲れたな……という感覚は子供の頃からずっとわたしの生の常態だった、この疲労から逃れられたためしはない、などと書いたような気がする。その疲れたな……というのに、困ったな……を付け加えてもよい。どの年齢のときも、それぞれの年齢なりのいろいろなことで、わたしはいつも困っていたし、もちろん今もなお相変わらず困っている。

わたしはよく夢を見るほうだと思うが、近頃卒然と気づいたことの一つに、わたしの見る夢は結局、「困っている」夢ばかりだということがある。他の人の場合はどうなのだろう。電車やバスを乗り継いで帰宅しようとしていて、どうしても家に帰り着くことができずにいる夢。連れの誰かとはぐれてしまって、どこをどう探し回ってもどうしても見つけられない夢。見知らぬ宿屋で風呂場へ行こうとしていて、建て増しに次ぐ建て増しで別館や中二階があるその宿屋の、複雑に入り組んだ廊下や階段をさまよいながら、いつまで経っても行き着けずにいる夢、等々。安息感、幸福感に包まれた快い夢からは、どうもわたしは見放されているらしい。かと言って、耐えられないほどの辛さ、悲しさが迫ってくる悪夢というものにもまず縁がない。ただたんに、「困っている」夢ばかりを見るのだ。

先日ある方から、『川の光』の「あとがき」で松浦さんは、この小説はネズミたちが安住の地を求めて冒険の旅をする物語だと説明した後、自分自身の人生に触れて、「それにしても、はたして、わたしたちにとっての安住の地はあるのかどうか」という自問でその文章を締め括っていますが、その「安住の地」は見つかったのでしょうか、と質問された。良い質問である。答えはとっさには出てこない。答えに窮するということじたい、それが良い質問であることの証明だろうが、その質問には結局、さあわかりませんと答えるしかない。今も困りつづけているのである以上、たぶんまだ見つかっていないのだろうと思う。恐らく人は、そのつど仮初の、とりあえずの、間に合わせの小さな「安住の地」の数々を、飛び石伝いのように伝いつつ、生きてゆくほかないのだろう。もしこれをかぎりの、決定的にして最終的な「安住の地」に辿り着いたなどと得心してしまったら、そのときはもはや、生きることの意味じたいが失われてしまうのではないか。

それにしても、あの二度目の留学生活での困りようは、わたしの人生の他のどのステージにもないようなものだった。パリ十五区は、そういう暮らしの背景に似つかわしい、少しさびしいふつうの町だった。

江華島

かなり有名な観光地なのに、わたしたちが訪れた日の江華島（カンファド）にはほとんどひと気がなかった。ソウルをひと通り見物して回った後、せっかく初めて韓国に来てソウル市内だけでは物足りないという話になり、漢江（ハンガン）の河口に位置する江華島まで足を延ばしてみることにしたのである。長距離バスに乗って一時間半ほどかかったか。もう三十年ほども前のことになる。

長い歴史を持つ島である。ユネスコ世界文化遺産に指定されている支石墓（コインドル）は、この島に紀元前から人が住み着いていたことを示している。韓国最古の寺である伝燈寺（チョンドンサ）（竣工は三八一年）もこの島にある。一三世紀前半、モンゴルが朝鮮半島に侵攻したとき、当時の高麗王朝は首都の開城（ケソン）を放棄し、江華島へ遷都した。このとき造営された江華山城は蒙古軍の攻撃によっていったん破壊されたが、李氏朝鮮時代初期に改築された石城が今でも残っている。また一九世紀半ば、アメリカ、フランス、日本の侵攻に抗するために築かれた砲撃台や要塞の遺跡もある。

しかし、こうしたことをわたしは、手近の観光ガイドを参照しながらつらつらと書き連ねてみただけで、右に挙げたような史蹟や名所もあのときさっと訪れたに違いないが、今となっては何ひとつ覚えていない。起伏のある曲がりくねった道を車でずいぶん走ったなあ、寒々とした曇り空の下、何か広々とした入り江のようなところに長い堰が張り出していて、カモメが大きな声で鳴き交わしながら沢山飛んでいたなあ、といった漠とした記憶が残っているだけだ。

バスを降りたところでたまたま捕まえたタクシーの運転手に案内されるまま、あっちこっち連れていってもらったのだった。彼は車のなかに何か強い芳香剤を置いていて、立ち込めるそのにおいでわたしも家内もちょっと気分が悪くなったのを覚えている。しかしその運転手さんは快活で親切な男で、いくらかの英語、ほんの少しの日本語で名所の由来を一生懸命説明してくれた。通り一遍ではない好意を感じてわたしたちは嬉しかった。

江華島から帰りのバスに乗ったときにはまだ明るかったが、途中で急速に闇がおりてきて、ある瞬間にいきなり車内にぱっと明かりが灯ったのを覚えている。ソウルに着いたときにはすっかり夜になっていた。ごくつまらないことだが鮮明に残っている思い出が一つあり、それは、闇をついて走るその帰りのバスのなかで、どういう会話の成り行きだったのか、うちの父はね――と家内が卒然と話し出したことだ。父はね、サクランボを食べるでしょ、そのとき、軸が残るでしょ、それを一本一本同じ方向に揃えて、きっちりと重ねて置いてゆくの。種は種で、その横にきれいに積み上げてゆくの。そう言った後彼女は、そういう几帳面な人なのよとか何とか、平凡に話を締め括るのではなく、――怖い人だと思った、という唐突な感想を呟いたのだ。今ではもう慣れたけど、子どもの頃そう思ったの、と。

その韓国旅行のとき、わたしと彼女はまだ結婚していなかった。彼女は家を出て一人暮らしを始めてすでにもう数年経っていたし、何でも好き勝手にやっていい身のはずだったが、それでもわたしとしては未婚の娘さんを旅行に連れ出すことに何がなし疚しさを覚えていたのかもしれない。その「サクランボの挿話」が三十年後の今に至るまで記憶に残っているところを見ると、どうもわたしはその「怖いお父さん」に少しばかり怯えていたようだ。何やら警察関係の偉い人らしいという情報が、その怯えをいっそう助長してもいたはずだ。あれが家内と行った初めての外国旅行だった。

ほどなくわたしの義父となったその人は、たしかに非常に几帳面で、あまり人と打ち解けず、鎧で身を固めているようなところはあったが、幸いそう怖い人でもなかった。去年、彼の十三回忌の法事があった。時間の流れるのは速い。彼がサクランボを食べる光景を見ることはついになくて終わった。その彼の娘とわたしは一九八八年六月に結婚したので、ここで語っている韓国旅行は恐らくその数か月かそこらか前の出来事だったのだと思う。

ところでその翌年の八九年に入って、こんなことがあった。わたしはその年の『中央公論』七月号にエッフェル塔についての論考を載せてもらった。「フランス革命二百周年」という特集企画に何か書かないかと、中央公論社の郡司(ぐんじ)典夫(のりお)さんが声をかけてくれたのだ。フランス革命についてわたしにとりたてて深い知識があるわけではなかったが、一八八九年にパリで開かれた万国博覧会は革命百周年を記念してのもので、そのとき建てられたのがエッフェル塔である。そういう強引な話の持っていきようで、ともかくわたしはエッフェル塔についての一文を書いた。それがきっかけとなってわたしはエッフェル塔論の続きを別の雑誌に書き継ぎ、『中央公論』掲載のその文章は大幅に加筆・改稿したうえで、最終的に完成した『エッフェル塔試論』の序章をなすことになった。郡司さんの慫慂(しょうよう)がなかったらわたしはいつまで経ってもあの論考を書き出さなかったかもしれない。海のものとも山のものともつかない若造だったわたしに大胆に誌面を提供してくれた郡司さんの寛大には、今でも深く感謝している。

さて、その一文の掲載に当たって、肖像写真が欲しいという。正面を向いた無表情な証明書用写真のようなものではつまらない、自然な笑顔が写っているものはないかと思い、手元にあった最近の写真を繰ってみて、そのなかから一枚選んでわたしが郡司さんに渡したのは、前の年の韓国旅行のとき、まだ妻ではなくガールフレンドだった女性が、成田だか羽田だかの搭乗ゲートで撮ってくれたものである。わたしたちはソウル行きの飛行機の搭乗時刻を待ちながら、時間潰しに写真を撮り合って遊んでいたのだった。『中央公論』のその号に掲載された写真のなかで、シャツの袖を肘まで雑に捲り上げたわたしは、ふと振り返った瞬間をスナップされたのだろう、軀(からだ)も顔も斜めにして、嬉しそうに笑っている。ガールフレンドと一緒にさあこれから旅立つぞという、心浮き立つような気分だったのだろう。

この連載の前回に書いたように、そのときももちろんわたしはいろいろなことで困っていて、実のところ内心は不穏に波立っていたはずである。おまえ、そんなに能天気に笑っていてよかったのかよと、六十五歳のわたしは今さらながら舌打ちして、三十年前のわたしに突っ込みを入れたい気持ちになる。しかしまあ、そのときのわたしは楽天的に構え、呑気に笑っているほかなかったのだろうし、またそれが正解だったのだろう。わたしが当時困っていたことのうち、あるものは結局何とか自分で解決したし、別のものは他人が解決してくれたし、残りのものは歳月の経過によって自然と片づいていったからである。

漱石の『道草』の主人公健三は物語の末尾で、「世の中に片付くなんてものは殆んどありゃしない」と吐き棄てる。それも一面の真理なのではあろうが、四十八歳で『道草』を書き四十九歳で死んでしまった漱石が、六十代に入った人間の目になら自然に映る人生の光景を、ついに見ずに終わったのもまた事実である。健三とは意見を異にして、世の中のたいがいのことはたとえ不完全にであれ遅かれ早かれ、何とかかんとか片づいてゆくものだ、と今のわたしは思っているのだ。その一方で、新たな困りごとの種が次から次へと現われるにしても、である。

もちろん、永久に片づかないままの案件が多少残るのはやむをえない。しかし、そうしたしぶとい厄介事に関しては、それさえ解決すれば人生はもとの正常な、ないし健常な状態に戻るなどという夢想じたいが実は空しい妄念にすぎないと思い做しておくに如くはない。ぶざまな出っ張りや醜い凹みを自分の生のうちに抱え込みつつ、それを適当に忘れたりときどき思い出して弥縫(びほう)策を講じたり、そんなことを繰り返しながらあくまで楽天的に日々をおくってゆくのがこの世の生の常態というものだ。わたしがわたしらしく自由に生きるというのはそれ以外のことを意味していない。

それにしても、江華島の風景のさびしさには何か特別なものがあった。さびしい町を経巡(へめぐ)りつづけたわたしたち夫婦の旅の歴史を遡ってみると、あれがナイアガラ・フォールズでの体験を予告する原体験だったのかもしれないと思われてくる。あのとき自分が何を考え、何を感じていたのか、ぜひとも追体験してみたいものだがそれは叶わない。

もちろんソウルはソウルで面白かった。南大門市場(ナンデムンシジャン)の雑踏、明洞(ミョンドン)の賑わい……。昌徳宮(チャンドックン)の裏手に広がる秘苑(ピウォン)は李氏朝鮮時代の造園で、日本の庭と西洋の庭しか知らなかったわたしの目には、やや荒れた感じのその野趣が実に不思議な魅力を湛えているように映った。同時に、「秘」「苑」という漢字二字の結合に一種特異なイメージ喚起力を感じ、「秘苑」をタイトルに掲げた詩を書こうと思い立った。そこから始まった連作は、長い中断期間も挟まり、ずいぶん時間がかかったが、一昨年（二〇一八年）、詩集『秘苑にて』というかたちをとってようやく結実した（書肆山田刊）。いま日本語版のグーグルで「秘苑」を検索すると、かつて栄華をきわめた王宮の後苑というみやびな美の空間のインデックスを押しのけて、焼き肉屋のサイトばかりが出てくるのが情けない。

あれは江華島行きのバスの乗り場がわからなくて、ソウルの街頭をうろうろしていたときのことだと思う。ちょっとあっちのほうを見てくるわと言い残して家内が姿を消した。わたしは通行人の往来を避けて建物の陰に入り、ガイドブックの地図を矯(た)めつ眇(すが)めつしていた。

ところが、十分経っても二十分経っても彼女が戻ってこない。いったい何があったのか。交通事故にでも遭ったのではないか、裕福そうな観光客と見込まれて誘拐でもされたのではないか……。旅先の心細さもあって悪いほうへ、悪いほうへと想像が膨らむ。家内が向かった方向に探しに行こうと思って歩き出し、いやそうするとすれ違いになるかもしれないと思い直してまた戻る。このまま彼女が行方不明になったらどうしよう。警察に届けるべきか、それとも日本大使館に連絡するのがまず先か……。「怖い人」だという彼女のお父さんにどの面下げて会ったらいい……。

彼女がようやく戻ってきたときには心底安堵した。話を聞くと、通りすがりの青年に尋ねてみたら、頭を掻いて困ったような顔をした後、付いてこいという身振りをして、いきなり歩き出したのだという。そのまま口を利かずにどんどん歩いてゆく青年の後を、彼女は仕方なく付いてゆく。二人で黙りこくって十分ほども歩いた挙げ句、バスの発着所の前まで来て、ここだよという身振りをしてにっこりすると、青年はくるりと踵を返して今来た道を戻っていったのだという。そっちに来るついでがあったわけでもないのに、わざわざ延々と一緒に歩いて連れてきてくれたわけだ。何て親切なんでしょうと彼女は感動していた。

もう一つ、ソウルの人々の温かい親切に触れた思い出がある。伝統的な宮廷料理を供してくれるレストランがガイドブックに紹介されていて、わたしたちはそこへ行こうと思い立った。地図を頼りに歩いていったのだが、いつまで経ってもそれらしい建物に行き着かない。途中の店々の人、通りすがりの人に尋ねてみても、さあと首をかしげるばかりで埒が明かない。歩いてゆくうちにだんだん暗くなり、人通りも少なくなり、静まり返った住宅街へ入ってゆく。

三十分ほども歩きに歩いて、諦めかけた頃、しかし一般民家と大して変わらぬ外観のそのレストランは忽然と出現した。何のことはない、ガイドブックの地図が不正確で、本当はずっと長い距離があった道路を枠内に収めるために縮めて描き、いい加減な場所に印をつけてあったのだ。扉を開けて入ってみると、日本語の堪能な女将(おかみ)さんが出てきて、まあまあ大変でしたねえ、よくいらっしゃいましたと歓迎してくれた。ふつうの家の居間のような小ぢんまりした居心地の良い部屋に通され、大して待たされることもなく、美味しいものを少しずつ盛った小皿料理が次から次へと運ばれてきた。

寒々としたさみしい道をとぼとぼ歩いてきて、もう駄目かと暗い気分に落ちこみかけていたところへ、突然、温かな人情と美味しい食べものがふんだんに溢れる、大袈裟に言えばユートピアのような空間へ招き入れられることになり、わたしたちは『千夜一夜物語』の一挿話のなかに飛びこんだような気分になったものだ。

狐につままれたような、どこか半信半疑の思いで、しかし大いに愉しく飲み食いし、美味珍味を堪能し、女将さんの日本の思い出話を面白く伺い、さあ、帰るかという段になった。申し訳ないほど安いお勘定を払い、腰を上げたわたしたちに、女将さんはわたしたちのホテルの場所を尋ね、それならその近くまで行くバスがある、ちょうどそっちの方へ帰る子がいるから案内させましょうと言ってくれた。そして実際に、給仕してくれた娘さんの一人でまだ二十歳そこそこと見える女の子が、わたしたちをバス停まで連れていってくれたのだった。

それだけではない。ほどなくやって来たバスに乗りこんで、料金は先に払うのか降車時に払うのかなどとわたしたちがおたおたしていると、先に乗ってすでに座席に座っているその娘さんが、いいの、いいのと手を振っている。彼女はいつの間にかわたしたちのぶんまで払ってくれていたのである。

これはわたしたちの人生の貴重な思い出の一つだが、実は今の今まで、このときホテルへの帰途に乗ったのは路面電車だったとわたしはてっきり思いこんでいた。調べてみると、ソウル市電は一九六八年に廃止されたとあるから、これは端的にわたしの誤記憶だったということになる。路面電車はわたしの好きな乗り物で、とくに外国の都市でトラムに乗ることほど心浮き立つ体験もない。ブリュッセルでもプラハでもアムステルダムでも、わたしはトラムでの移動を愉しんだものである。そうした記憶の断片がいつの間にか紛れこんで、このソウルの一夜の体験の、バスが路面電車に書き換えられてしまったのか。

路面電車はあのときもうソウルに存在しなかった――それが事実とあれば仕方ないから、ここまでわたしはバスと書いてきたのだが、しかしそう書きながらも、あれはやっぱり路面電車ではなかったかとしきりに思われてならない。そして実を言うなら、バスだったものを路面電車として記憶しつづけたいとわたしが頑なに思い、事実に反してそうするとしても、誰に迷惑がかかるわけでもなし、いっこうに構わないのである。たぶんバスだったのだろうが、ひょっとしたら路面電車だったかもしれない、そんな乗り物に乗って……というあたりで手を打っておくか。それとも案外、『千夜一夜物語』めいたあの晩の体験のいっさいが夢だったのか。過去が実在するか否かは実は哲学上の大問題で、哲学者たちの間で一致した結論が出ているわけではない。

帰国の際、何かの理由で飛行機がなかなか飛ばず、金浦(キンポ)空港で長時間待たされることになった(仁川(インチョン)空港が開港するのは二〇〇一年のことである)。搭乗ゲート前の座り心地の悪いベンチのうえで無聊を持て余しつつ、退屈しのぎに、終始この空港のなかだけで展開し、九十分のリアルタイムで進行する出会いやすれ違いの物語を組み立てて、それを映画にしたら面白いのではないか、タイトルは『Kimpo』……などという妄念を追っていたことを覚えている。ヴィットリオ・デ・シーカの『終着駅』などがモデルとして思い浮かんでいたかもしれない。『終着駅』など大して良い映画とも思わないが、わたしの母はジェニファー・ジョーンズとモンゴメリー・クリフトによるあのメロドラマが大好きで、その物語を子どもの頃何度も聞かされたものである(ひょっとしたら彼女自身、不倫の悲恋への憧れがあったのかもしれないな、と母の死後ずいぶん経ってからはたと思い当たったものだ)。後年、スピルバーグの『ターミナル』(二〇〇四年)を見て、やられたなという想念がちらりと頭を掠めたが、もうそのときには映画シナリオの執筆などという野心はわたしからすっかり失せていた。

その後、家内はソウルや釜山(プサン)に仕事で何度も行ったが、わたし自身は韓国を再訪する機会がついにないまま今日に至っている。ソウルの風景は一九八八年のあの旅行のときから大きく変わったそうだ。何しろ三十年が経過したのだからそれはそうだろう。今度行ったらきっとびっくりするわよと家内は言う。では、彼の地の人々の温かな人情に何か変わりはあったのか。そんなことはないと信じたい。「古いパリはもはやない（街の形は／ああ哀しい哉、人の心よりも速く変わるのだ）」（「白鳥」）とボードレールは謳っているが、翻せばそれは、街の形からは遅れながらも人の心もまたいずれは変わる、変わっていかざるをえないということか。ともあれ、あの韓国旅行はわたしにとっての「始まり」の——人生にいくつもある複数の「始まり」の——一つだったと今改めて思う。

トラステヴェレ

こうして勝手気ままに時間軸を遡ったり下ったり、また遡ったりしながら、自分が行ったさびしい町々の思い出を書いてきて、ふと気づくのは、わたしの人生の「始まり」の頃の旅の数々についてはあれは何歳のときだった、何年何月の出来事だったと、その時間軸上の然るべき一点に比較的明瞭に位置づけられるのに、ある時を境にそれが不意に出来なくなってしまったという事実である。以後は、中年から初老、そして本格的な老いの到来にかけて、のっぺりとしたひと続きの時間が広がり出し、あの時起きたこのこともこの時起きたあのことも、その灰色の広がりのなかのどこかしらにとろりと溶けこんで、大袈裟に言うならただそれが「起きた」ということとしか覚えていない。それらには日付や年齢といった心覚えのインデックスが付いておらず、当時の職場の状況だの人間関係だの執筆中の原稿だのとの関わりも不明で、鮮明な色、響き、におい、触感を伴って妙になまなましく甦ってくる細部のあれやこれやはあっても、あの旅、この旅がそれじたい自分の生の持続においてどういう場所を占めていたのか、どういう意味を持っていたのかは、今となってはさっぱりわからない。

ある時を境に、と言った。その「ある時」とはいつかについては、案外はっきりと同定できるかもしれない。わたしが以前、ある文庫本のために自分で書いた年譜の一九九一年の項に、「三月、雑誌『批評空間』にエッフェル塔論の連載を開始。四月、雑誌『表象＝ルプレザンタシオン』にエティエンヌ＝ジュール・マレー論の連載を開始。以後、明けても暮れてもひたすら原稿を書きつづける日々が、本当の意味で始まった」という記述がある。この年の三月にわたしは満三十七歳の誕生日を迎えたわけだが、これがたぶん、わたしにとっての最後の「始まり」だったのだろうと思う。その後は小説の創作に手を染めようとこの土地からあの土地へ引っ越そうと、それは何の「始まり」でもなく、たんに「ひたすら原稿を書きつづける日々」のさなかに卒然と生じた小事件でしかなかった。要するに、ある時を境にとたんに忙しくなってしまった、言ってしまえばたんにそういうことか。外国旅行もしだいに、会議だのシンポジウムだのと味気ない仕事絡みの、つまりは出張ばかりになっていった。

ともあれ、改めてそんなふうに回顧できるのは、二〇一二年三月に大学での教職を早期退職するとともにそんな「日々」が「終わり」を迎え、今やそれとは別種の「日々」のさなかに身を置いて、出張などとはまったく無縁の身の上になっているからに違いあるまい。それを吉田健一に倣って「余生」と呼んでもよかろうという点については、以前にこの連載のどこかですでに触れた。そんな「余生」の日々が忙しくないかと言えば実は意外にそうでもなく、相も変わらず絶えず何かに追い立てられるように、前へ前へとつんのめりつつ息せき切って暮らしているというのが実感だが、それでもそんななかで体験する旅や出会い、そこから派生する好事や厄難の数々は、またふたたび然るべきインデックスを取り戻しつつあるように感じる。

昨年（二〇一九年）の暮れが押しつまった頃、一週間ほどをローマで過ごした。ローマに少し長く滞在してみたい気持ちがつねづねあったということは、ペスカーラの町について書いたとき通りすがりにほんのちょっぴり触れた。二十四歳の夏、初めてイタリアに行ってひと月半ほどもかけてあちこち見て回ったときは、ローマにもかなりの日数を割き、あの頃はまだ体力も気力もあり余っていたから名所旧蹟はひと通り見物し尽くしたはずだが、その折りの記憶はもうすっかり薄れている。その後の「インデックス無し」の歳月の間は、何度もローマに行くことはあっても、基本的には中継地点として通過するにとどまっていた。たとえばシチリア島を旅した後、ナポリからローマまで列車で戻って、フィウミチーノ空港から帰国の飛行機に乗る前に、骨休めに一泊か二泊するといったような。しかし、ローマという都市の奥深さにはただならぬものがあり、もう一度見直したいもの、まだ見たことがないものがそこに溢れかえっていることはよくわかっていて、ずっと気になってはいたのだ。

ともかくカラヴァッジョとベルニーニが見たい、と家内は言う。何しろこの人は度し難いバロック好きなのである。わたしの場合、その二十四歳のときのイタリア旅行で、ルネッサンス期の絵画と建築の途方もない豊饒、そこでの感性と知性の完璧な均衡に圧倒されるという原体験があり、その均衡が崩れた後に訪れたバロック期の、露骨で野卑で、もっと言えばいささか下品な活力の横溢に対しては、年来、いささか軽んじる気持ちがあったことは否定できない。しかし家内からの感化もあってのことか、このところだんだんと「バロック的なるもの」に好みが向かうようになってきたのは事実だ。間然するところのない均衡——たとえばラファエッロの絵の構図に完璧に実現されているような——よりもむしろ、それに亀裂が入る過程で生じる劇的な出来事性のほうに心が惹かれつつあるのは、年齢のせいでもあろうか。

ルネッサンス、クワトロチェントと言えばこれはやはりフィレンツェであろう。やや誇張して言うならフィレンツェには実際、それしかない。ところがローマという化け物染みた町には、古代から現代まで、無慮二千数百年にも及ぼうとする歳月の記憶が層をなして現前している。均衡の美などとはまったく無縁のその渾沌、混淆、充溢、無秩序の迫力を、歴史概念からは離れてひとことで「バロック的」と形容できなくもなかろう。つまりローマとは恐るべきバロック都市なのであり、だとしたらその象徴としてもっともふさわしいのがカラヴァッジョの絵画、ベルニーニの彫刻と建築ということとなるのは自然の成り行きというものだ。「ベルニーニはローマのために生まれ、ローマはベルニーニのためにつくられた」と言われるのは理由のないことではない。

ベルニーニの設計したあの壮麗きわまりないサン・ピエトロ広場が円形ではなく楕円形なのは、やはり決定的な意味があると、今回つくづく思い知ったものだ。ベルニーニはあの形態をコロッセオからインスピレーションを受けて発想し、興奮や熱狂の渦巻く幅二百四十メートルの巨大な劇場空間に仕立て上げようとしたのだと言うが、何より肝心なのは、その空間を静的な円の調和と秩序に収めることを避け、二つの焦点の間を揺れ動く楕円の形態を持たせなければならないと考えたという点だろう。危うい緊張感の漲るこの楕円的ダイナミズムこそ、ローマ的バロックの真髄なのである。

そういうわけで、今回はコロッセオにもフォロ・ロマーノにも行かず、サン・ピエトロ広場には行ったがシスティーナ礼拝堂にもヴァティカン博物館にも入らず（そのどれも再訪してみたかったが時間がなかった）、カピトリーニ美術館、ボルゲーゼ美術館、バルベリーニ宮などまだ行ったことのなかった比較的マイナーなミュージアムを回り、またカラヴァッジョとベルニーニの足跡を訪ねていくつかの教会やパレスを経巡って過ごした。同じホテルに七泊するのも飽きると思い、途中で一度ホテルを変えたが、二番目のホテルはナヴォーナ広場のすぐ近くだったので、この広場の中央にあるベルニーニの代表作〈四大河の噴水〉の前を幾度となく通ることになった。

ボルゲーゼは前もって予約が必要という厄介な美術館なのだが、そこに展示されているベルニーニの〈ダヴィデ〉〈アポロとダフネ〉〈プロセルピーナの掠奪〉という三つの彫刻の逸品が見られたのは本当に幸福な体験だった。カラヴァッジョで言えば、サン・ルイージ・デイ・フランチェージ教会にある彼の三部作〈聖マタイの召命〉〈聖マタイの殉教〉〈聖マタイと天使〉は、数年前にローマに立ち寄ったとき一度見ているが、また見に行って、驚嘆すべき傑作だと感銘を新たにした。飲んだくれては乱闘を繰り返し、殺人を犯してローマから逃走し、三十八歳の若さで夭折したカラヴァッジョは本当に凄い絵描きだと思う。そう言えばこの連載で以前、アイルランドへ行ったときのことを書いたが、ダブリンに行ってもっとも嬉しかったことの一つは、アイルランド国立美術館でカラヴァッジョの〈キリストの捕縛〉を見られたことだった。ユダの接吻を合図に兵士たちがいっせいになだれ込んできて、キリストが捕縛される瞬間を描いたこの絵は、制作直後に失われ、四百年にわたって行方知れずだったのが、一九九一年になってアイルランドの修道院で発見され、この美術館に収蔵されることになったという曰く付きの作品である。

ベルニーニもカラヴァッジョも、ドラマチックな情景のなかに躍動する身体を置き、運動の一断面をすっぱりと切り取って、そこに現出する特権的な一瞬を永遠化する業（わざ）を心得た天才である。そこには瞬間と持続の、運動と凝固の、現在と永遠の、たとえようもなく甘美な、また残酷な弁証法がある。しかしここは芸術論を展開する場ではないので、その話には立ち入るまい。

こうした美術探訪に加え、オペラ座でオペラを二本、プッチーニの『トスカ』とヴェルディの『シチリアの晩鐘』を見たと書けば、これはもうお上りさんの観光旅行以外の何ものでもなかったのは明らかだが、言い訳をするならローマに滞在すれば基本的には結局そうならざるをえないのだ。実際、名所旧蹟がひしめいているローマ中心部は、美と文化（そこにはむろん食の文化も含まれる）を求めて外国からやって来たわたしたちのような観光客が一種の軽躁状態で上気しつつ、心ここに在らずといった体で右往左往していて、この連載でここまで取り上げてきたような「さびしい町」の風情など、実のところこれっぽかりもありはしない。「わたしが行ったさびしい町」と言うなら、長靴のかかとあたりのレッチェ、オストゥーニ、ターラント、あるいはシチリア島のシラクーザ、カルタジローネ、アグリジェントなど、「さびしい町」特有の魅惑をたたえた小都市はイタリアには沢山あり、本当はそうした町々について書くべきなのだろうとは思う。

ただ、今回の旅行中、こんなことがあった。

トラステヴェレ地区にあるサン・フランチェスコ・ア・リーパ教会には、ベルニーニの晩年の傑作と言われる〈福者ルドヴィカ・アルベルトーニ〉があり、家内はすでに見ていたがわたしはそれを見たことがなかった。あれは何年前になるのか、ローマに二人で寄ってほんのちょっと空いた時間があったとき、あなたはあれをぜひ見るべきだと言い張る家内に引っ張られるようにしてその教会の前まで行ったところ、ちょうど改修工事中で教会は一時的に閉鎖されており、すごすごと引き返すということがあった。わたしたち夫婦の旅行でそういう肩すかしがよく出来するという点については、ここまで繰り返し語ってきた通りである。

なので、今度こそはと意気込んでいそいそと出かけていったのは言うまでもない。何しろ写真で見るかぎりそれが戦慄的な彫刻作品であることは明らかだったから、わたしも胸がどきどきするようなサスペンスを感じていた。ところが、テヴェレ川の中洲をなすティベリーナ島を経て対岸に渡り（トラステヴェレとはテヴェレの向こう側という意味である）、当の教会に着いてみると、その朝はちょうどクリスマス当日に当たっていたので、日曜ではなかったのにミサが執り行なわれている。「信者でない方は立ち入りをご遠慮ください」という立て札が教会の扉の前に掲げられていて、如何ともしようがない。

わたしたちはミサが終わるのを外でしばらく待っていた。しかし、中から洩れ出てくる、司祭の説教と聖歌の詠唱の交替、そしてその繰り返しは、いつ果てるとも知れず続いている。そのうちに寒さが骨まで沁み透ってくるような按配で、どうにもこうにも居たたまれなくなってきた。わたしたちは十分あまり歩いて営業中のバールをようやく見つけ、そこで熱いカプチーノを胃の腑に入れ、ようやく人心地を取り戻した。バールで三十分ほども時間を潰し、さてこそという意気込みで教会に戻ってみたが、ミサはまだ続いているのだ。これはもう、諦めるほかはない。

心残りだが、なに、次回を期すことにすればよい。ベルニーニの名品を今回見られずに終わったことを、いつかまたローマに戻ってくるための口実を提供してくれる好事として捉えることにしようと、負け惜しみ半分でわたしたちは言い合った。「心残り」というのはそれにしても、なかなか味のある言葉ではないか。心が残る。心を残す。心のぜんぶを持ち去ってしまうのではなく、その小さな一部分をベルニーニの彫刻に、この教会に、ローマにそっと置いて、故郷へ帰るのだ。そしてそれを道しるべとして、残しておいた心の破片を拾い上げるためにまたいつかここへ戻ってくる。戻ってきたい。

その後わたしたちは、徐々にホテルへの帰り道を辿りつつ、トラステヴェレをしばらく散歩した。庶民の町と言われるトラステヴェレにはレストランが軒を連ねていて、夜になるとランプを灯した路上のテラス席までぎっしり人で埋まって賑やかになるが、昼間は閑散としている。とくにその日はクリスマスだったので、人々はあるいは教会のミサに集いあるいは自宅で静かに休息し、街路を出歩いている人はほとんどいない。ローマのクリスマス・イヴというのはどんな具合のものかという好奇心で、前夜もあちこち歩き回ってみたが、道路わきや店々の飾りつけなど多少華やかな気配はあったものの、町は基本的に静穏だった。カソリック教国では聖なる夜をひっそり祝うというだけのことであり、キリスト教の信者でもない人々がクリスマスを大騒ぎの口実にするわが国の、お調子者のお国柄のほうがよほど異常なのである。

住民の影もなく、テヴェレの対岸の中心部とは違って観光名所のてんこ盛りでもないから外国人の姿も少ないクリスマスのトラステヴェレは、ちょっぴりさびしいふつうの町だった。そこにはゆったりした時間が流れていて、美だの芸術だの文化だのに熱をあげていささか疲れてしまった心を静かに慰藉してくれた。トレヴィの泉界隈と比べて、なぜかずっと空が広い。そう感じる。自動車もほとんど走り回っていないから空気がきれいで、家々ではもう昼食の支度を始めているのか、煮炊きのにおいがどこからともなく漂ってくる。

フェデリコ・フェリーニは『フェリーニのローマ』（一九七二年）で、彼にとっては郷愁の対象であるファシスト体制下の戦前のローマの下町を、大掛かりなセットを作って再現してみせている。町内に必ず何人か紛れこんで棲息している変わり者たちの奇行や愚行を大らかに許容しつつ、庶民――わたしのあまり好きな言葉ではないが――が肌を寄せ合うように暮らしていた時代の光景は、彼の青春期の多幸感の記憶と結びついているのだろう。喧嘩や口論がひっきりなしに持ち上がり、怒声が街路を飛び交い、しかし心の底では温かな人情で人々がしっかりと結びつき、助けたり助けられたりしながらたくましく生きているといった下町のエートスは、フェリーニがこの自伝映画を作った七〇年代初頭にはもう失われてしまっていたのかもしれないが、少なくともフェリーニ自身はそう切実に感じていたのだろうが、まあそんなものがなくてもふつうの町は今も変わらずふつうの町である。フェリーニなどからすれば、トラステヴェレも「庶民の町」を看板に掲げた一種の観光名所みたいなもので、レストランのテラス席を埋めて笑いさざめいているのは外国人ばかりといったことになるのかもしれないが、わたしたちがその日散歩した昼のトラステヴェレには、そんな浮き立った空気は流れていなかった。

またローマに行ってみたい。何より〈福者ルドヴィカ・アルベルトーニ〉を今度こそ見なければならない。トラステヴェレにかぎらず、ローマにはちょっとさびしい静かな界隈があちこちにあるに違いない。そんな街路をぶらぶら歩いて時間を潰してみたい。とにかくイタリアにまた行きたい。

イタリアはいいわよね、何しろあなたはイタリア語を喋れるし、と家内は言う。喋れるわけはない。学生時代にちょっと勉強して文法はおおよそ頭に入っているし、フランス語からの類推で何とかこなせる部分もないことはないが、喋れるという事態からはほど遠い。そんなとき家内は、だってほら、ミラノで……と必ず言う。大昔、ミラノでワイシャツを買い、ホテルに戻って着てみたらサイズが合わず、翌日店に戻って取り替えてもらった。そのときわたしがイタリア語で滑らかに交渉したのに、すっかり感心したのだと言う。なに、「このシャツはわたしには小さすぎます」と、語学教科書の例文のようなことを口にしただけだ。小さい（ピッコロ）という形容詞をシャツ（カミーチャ）に合わせてちゃんと女性形（ピッコラ）に活用させたことがちょっと自慢でなくもなかったが、外国語の教習を生計（たつき）の種にしていた人間がそんな程度のことを自慢するのも愚かしい。あのときミラノのシャツ屋ですっかり感心したわ、と彼女は真顔で繰り返すのだが、たぶんわたしはおちょくられているのだろうと思う。

　ともあれ、わたしの生に「始まり」が訪れることはもはやあるまい。バロックの絵画や彫刻の魅力に目覚めるといったきわめて刺激的な体験があっても、そこから何が「始まる」わけでもない。これからは逆に、大小いくつもの「終わり」をくぐり抜けてゆくことになるのだろう。そんなふうに「終わり」を——複数の「終わり」を次々に迎えつつある時節に至って、わたしにいったいどんな旅が可能なのか。やがて最後の最後に、人生それじたいの「終わり」が来る。その必然を「さびしい」と感じなくもないが、その「さびしさ」は生きとし生けるすべての存在の本質的条件であるあの「さびしさ」と、それではどこがどう違うのか。同じものと考えるべきなのか、そうではないのか。それはまだよくわからない。

アガディール

わたしが運転する車がアガディールの町に入り、それを突き抜け、海に出たときには本当に嬉しかった。車を停めて浜辺に出ると、頬にごうと吹きつけてくる砂混じりの潮風の生臭さが、野性的な生命の気を感じさせてむしろ快い。波が荒い。これも砂混じりの茶色で、それがどうっ、どうっと打ち寄せてくるさまは、太平洋とも地中海ともどこか違う、やはり大西洋ならではの海景という感じがする。わたしたちはそれをやがてフランスのノルマンディー地方の海岸で、さらに二十数年後にはアイルランドの西岸やスコットランドのスカイ島でも見ることになる。

よく晴れた暑い日だったが、この風の強さ、波の荒さでは、海水浴にはあまり向いていそうにない。ハイシーズンだったにもかかわらず、砂浜にも海のなかにも海水浴客の姿はあまりなかったような気がする。しかし、これは一九八八年の夏というずいぶん昔の出来事なので、正直なところもうあまりはっきりした記憶がない。

いまモロッコの観光ガイドをめくってみると、アガディールについては「モロッコ屈指のビーチリゾート」などと書いてある。記憶が薄れているのであまり自信はないが、三十年余り前のアガディールは、高級ホテルが櫛比するそんな派手々々しいリゾート地ではなかったように思われてならない。寂れた漁村でしかなかったとまでは言わないが、地元の人たちが淡々と暮らすごくふつうの町だったのではないか。アガディールに宿を見つけて泊まる気はなかったし、わたしたち夫婦はまだ若くて金もなかったしで、自分たちに縁のないホテル群の光景など最初から目に入らなかっただけかもしれない。

埠頭のきわに小さな食堂があり、ちょうどお昼どきで、たぶん漁師さんや魚市場の関係者ばかりだったと思うが、地元の人たちで賑わっていた。メニューを見て注文するといったこともたしかほとんどしなかったのではないか。わたしたち夫婦が窓から海が見える片隅のテーブルに腰を下ろすと、ここに来たらそれを食べるのが当然だ、他に何を食べるつもりだといった感じで、小魚を揚げたものが山盛りになった皿がパンと一緒に運ばれてきた。半分に切ったレモンを片手にぎゅっと握りつぶして汁を絞りかけ、多少の塩胡椒で味を整えると、後は指でつまんでばりばりと平らげてゆくだけだった。魚は新鮮で何の臭みもなく、強い熱が芯まで通って骨まで柔らかくなっている。わたしはあんなに美味しい魚のフライをそれ以前にもそれ以後にも食べたことがない。

その年、八八年の六月にわたしたちは結婚し、同月十五日に世田谷区松原の小さな賃貸アパートに所帯を構えたばかりだった。夏休みをパリで過ごそうと計画していたとき、映画プロデューサーの吉武美知子さんが一時帰国するので、留守番がてらパリ二十区のそのアパートを夏の間使ってもよいという話が舞いこんできて、わたしたちはその申し出に有難く甘えることにした。映画プロデューサーと書いたが、その頃吉武さんはまだ本格的な活動を始めてはいなかったのではないか。その後の、とりわけここ数年の吉武さんの活躍はめざましく、いよいよこれからどんな事業を展開するのか皆が楽しみにしていた矢先の昨年六月、惜しくも癌で逝去された。日本とフランスの映画界にとって本当に大事な方だった。ご冥福を心からお祈りしたい。

そのパリ滞在は、言ってみればわたしたちの、こんな面映ゆい言葉にはちょっと照れずにはいられないが、まあ新婚旅行ということになる。その年の八月五日付けの『朝日新聞』には、わたしの「休暇」という詩が掲載されている。

窓から檳榔樹が見える図書室には
つめたい水をいつも溢れさせている
きらきらした大理石の水盤があって
ときどき顔をあげると
その水のしたたりがふと
チレニア海の波のざわめきにきこえる
ヒヨドリやツグミの声とともに起きだし

湖水をわたってくる風にふかれて窓辺で過す
黄金色の午前

（「休暇」冒頭部分、詩集『鳥の計画』所収）

おおむね暗い色調に支配されているわたしの詩篇のなかで、「休暇」には例外的に一種の幸福感が行き渡った世界が描かれている。

さて、ずっとパリにいつづけるのも飽きるから、どこかへ小旅行をしようという話になった。それで、八月二十日にパリを発って二週間ほどモロッコに滞在することになったのだ。その夏のふた月ほどは、基本的にはまさに「休暇」だったのだが、パリでやるべき仕事がいくつかあり、その一つが、フランス現代詩を特集する『現代詩手帖』増刊号のための詩人インタビューだった。ミシェル・ドゥギーへのインタビューはマラケシュに向けて飛行機で発つ直前に、ジャック・レダへのそれはモロッコから帰ってきてから行なったように覚えている。

リュクサンブール公園の近くの、たしかヴォージラール通りにあったドゥギー氏のアパルトマンで話を聞いた後（彼は何と三時間にもわたって熱弁を振るってくれた）、路上まで出て見送ってくれた彼が、別れ際、翌日にはモロッコ旅行へ発つ予定だとわたしが言っていたのを思い出したのだろう、自分の右手と左手をがっしりと組み合わせ、顔の前に掲げて前後に振りながら、「ボンヌ・マロック！」と小さく叫んで送り出してくれたのを覚えている。Maroc（モロッコ）はフランス語では男性名詞なのに、それに付く形容詞の bon をあえて女性形の bonne にするこんな語法があるのかと思ったものだ。Bonne chance au Maroc！（モロッコでの幸運を祈る）あるいは Bonne Route au Maroc!（どうかご無事でモロッコへ）といった意味合いだろうか。

それで、モロッコの話になる。マラケシュ空港の滑走路に向かって高度を下げていった飛行機は、砂漠の地表すれすれの低空飛行に入ると、がくん、がくんと激しい上下動を繰り返しはじめた。まるで遊園地のアトラクションの乗り物の座席で振り回されるような按配で、いったいどうなることかと顔から血の気が引いたものだ。一応無事に着陸したものの、タラップから地面に降り立つや、そこはもう摂氏四十二度の世界で、目が回ってぶっ倒れそうになり、モロッコ旅行はそんなふうに出だしからいきなり波乱含みだった。

波乱は実際その後いろいろ起こったが、すべて割愛し、レンタカーを借りてタフラウトへ向かったところまで話を飛ばす。タフラウトは赤い花崗岩の山々に囲まれた、アメルン渓谷の中心部にある小さな町、というよりもむしろ村で、住民はベルベル人である。当時のミシュラン・ガイドは、その花崗岩の風景の珍しさ、すばらしさを讃えると同時に、そんな僻村には不釣り合いの四つ星の高級ホテルがそこにはあるとやや不思議そうに記していた。面白そうではないか。〈レ・ザマンディエ〉というそのホテルへ行って泊まってみようとわたしたちは決めた。〈レ・ザマンディエ〉は二〇二〇年の今日もなお存在するようだが、四つ星の格をまだ曲がりなりにも維持しているのかどうかは知らない。

地図で見るとマラケシュからタフラウトまでは直線距離では百五十キロほどだから、少し飛ばせば半日もかからず十分行き着けるとわたしは考えた。マラケシュのレンタカー屋に、行けるだろ、と念を押すと、もちろんですとも（ビアン・スュール）、ムッシュー、問題なしです（パ・ド・プロブレーム）——モロッコではフランス語が通じる——などと相手は軽く明るく、無責任に請け合う。わたしはまだ人を信じやすい年齢だったのだ。

　人を信じやすいのに加えて、無鉄砲、向こう見ず、無思慮でもあった。実はまともな地図も持っていなかった。ミシュラン・ガイド以外には、レンタカー屋がくれた、いい加減なイメージ図ともつかないぺらりとした簡便な地図だけを手に、わたしたちは、というかわたしは、まあ何とかなるだろうと高を括って走り出してしまったのである。車はレンタル料金がいちばん安い、ぺこぺこのブリキの玩具みたいな、あちこち錆びついた中古のルノー・カトルである。

　最初のうちは晴天の下の楽しいドライブだった。途中、道路沿いのレストランで食べた羊肉のタジン鍋も美味しかった。そのうちにだんだん道がわからなくなってきた。モロッコは道路網も道路標識も比較的よく整備されていて、車を運転しやすい国だが、マラケシュからタフラウトまでは幹線道路が通っているわけでもない。しかも、百五十キロという数字には、道の曲がりくねりも、そして——こちらのほうがもっとずっと重要だが——標高差も反映されていない。道はだんだんと峨々たる岩山の連なりのなかへ分け入ってゆく。岐路や交差点に標示板は立っているが、こっちへ行くとタフラウトと必ず書いてあるわけではない。ローマ字のアルファベットが添えられておらず、アラビア文字でしか書かれていない場合もあり、そうなるとわたしたちはもうお手上げだ。
途中でお茶を飲んだり、車を停めてのんびり風景を眺めたりして時間を潰してしまったのも愚かだった。だんだんと夕闇が迫ってきて、やがて夜の闇が下りてきた。急斜面の岩山の周りをへばりつくようにくねくねと経巡（へめぐ）っている、ガードレールもない細い道を辿ってゆく。カーブで少しでもハンドルを切りそこねたら、たちまち何百メートルも下の谷底へ転げ落ちてしまうだろう。登って、下って、また登る。街灯など間遠にしか立っていない。

とんでもないことになったと思い、蒼ざめながら運転しつづけた。家内は当時まだ運転免許を持っていなかった。もう町もない。ともかくタフラウトをめざすしかない。ヘッドライトに照らされた標識を読み間違え、つい入りこんでしまった道がだんだん狭くなって二進（にっち）も三進（さっち）もいかなくなり、また元の道路に引き返したりする。

何とかかんとかタフラウトに着いたときには、たしかもう夜の十一時近くになっていたのではないか。結局わたしたちはアトラス山脈の南西の端を丸々縦断することになってしまったのだ。走り出す前にそんなことさえ確かめておかなかったのである。がたが来かけたあんなおんぼろの小型車でよくもまあ走りきることができたものだ、と後になってつくづく呆れた。煌々と照明された〈レ・ザマンディエ〉が目の前に現われたときには、安堵のあまり涙ぐんだほどだった。しかもさすが高級ホテルで、そんな時刻なのにけっこうまともな温かい夕食のコースを出してくれた。良かったね、何とか切り抜けたねとわたしたちは互いをねぎらい合った。

ところが切り抜けてはいなかったのだ。波乱はなおも続く。その夜、わたしはいきなり四十度の高熱を出してしまった。激しい悪寒、ひどい下痢。軀中（からだじゅう）が痛い、呼吸も苦しい。マラケシュの露店で食べた怪しげなものから腸に入ってどこかに潜んでいた病菌が、長時間の運転による疲労困憊をきっかけに、暴れ出したのだと思う。朝になって家内が薬局を見つけて解熱剤と下痢止めを買ってきてくれた。それを呑むといっとき症状は治まるが、二、三時間もすればまたぶり返す。その日いちにちとそれに続くひと晩、何とか耐えて回復を待った。家内はけっこう図太く冷静に構えているように見えたが、内心はおろおろしていたに違いない。さらにひと晩苦しんで、次の日の朝、どうもこれはとうていただの風邪ではない、このままでは死ぬと思い、ついに医者を呼んでもらった。

白いチュニックに白いターバン帽、首からは二重、三重の長いネックレースをじゃらじゃら下げ、鼻の下にちょび髭をたくわえた小太りの中年のおっさんがホテルの部屋に現われたときには、これはもう駄目かなという絶望が心をよぎった。なるほど黒い医者鞄を提げてはいるが、一見したところは医師というよりはむしろ呪術師という印象のそのベルベル人のおっさんに、しかしこうなってはもはやすがるほかはない。

彼が取り出した体温計で熱を測る。四十度か、うーむ、これは高いな、とたどたどしいフランス語で彼が呟く。そりゃあそうだ、そんなことはわかってる、何とかしてくれ、という思いでわたしは呻きつづける。ところが、症状を細かく聞くと、うんうんわかった、とちょび髭氏は自信ありげに言ったかと思うと、幸いなことに呪医めいた祈禱や呪い（まじない）を始めたりはせず、注射を一本打ってくれた。これでたぶん治るよと言い残して彼は帰っていった。料金はさして高くなかった。

その通り、それで治ってしまったのである。二、三時間も経つうちに熱が下がり、何も食べられないから固形物はもうとっくのとうに腸から出尽くして、水だけは飲むもののそれも飲むはしからそのまま直通でしゃあしゃあ出てしまうような状態だった下痢も止まった。恐らく現地の人々には馴染み深い凶悪な風土病の一種で、その菌にぴたりと適合する抗生物質がわかっていたのではないか。すでに衰弱の極に達していたし、さらにあと一日か二日あの高熱が続いていたら、わたしは本当に死んでいたと冗談でなく思う。今までの人生で、あの数日ほど死に近づいたこともないような気がする。とんだ「休暇」、とんだ新婚旅行もあったものである。

まだ熱が続いていたふた晩目の明け方のことだと思うが、解熱剤で少し楽になったので、ふとした気紛れで、よろよろとベッドから下り、ガラス戸を開けてベランダに出てみた。サハラ砂漠のとば口に位置するタフラウトは本当に不思議な町で、ホテルを囲む岩山はたしかに淡紅色から真っ赤まで、ことごとく赤のグラデーションの色合いで、地球のものとは思われないような風景が広がっている。徐々に強くなってゆく陽光がその岩山の襞々に照り映えて、刻々移り変わってゆく赤色のニュアンスが、熱に喘いでいるこっちの精神状態のせいでもあろうが、何か異様なほど美しく目に映じる。それに見とれているうちにふと気づくと、どこかでカサコソカサコソと音がしている。それが、ホテルの脇の砂地のうえを痩せこけた猫が一匹ゆっくりと歩いてゆく、その足音なのだということがわかるまでには、少し時間がかかった。猫の柔らかな足裏が砂地に触れて砂粒が軋む、その微細な音が四方の岩山に反響して、ホテルの二階の部屋のベランダに立つわたしの耳まで届いてくるのだった。

帰国後、先ほど触れた『現代詩手帖』増刊号に、ドゥギーとレダのインタビューに添えて小さなエッセイを書いたが、そのなかでこのとき聴いた猫の足音にも言及した（「フランスの詩人に会う――詩と共同体をめぐって」『総展望・フランスの現代詩』一九九〇年六月、思潮社刊）。熱に浮かされたわたしの頭のなかでそれは一種異形の詩的経験として結晶してしまったとおぼしく、あのカサコソという響きは、山々の赤い岩肌を染めてゆく朝陽の輝きとともに、三十年を隔てた今もなお鮮明に甦ってくる。

わたしの病気が快癒するまでタフラウトに数日間滞在し、それからわたしたちはまた車に荷物を積みこんで、一路、大西洋岸のアガディールをめざした。

そこで話はようやく冒頭に戻る。アガディールに着き、埠頭に出て開けた海景を眼前にしたとき、本当に嬉しかったと言ったが、その嬉しさの背景には以上のような事情があった。碌に植生もない岩山と砂漠の無味乾燥(アリッド)な風景には、つくづく倦み果てていた。海は美しい、海はすばらしいと心底痛感した。健康の証しのように腹が減り、魚のフライをもりもり食べて、それが美味しいと感じられるのは何という幸福か、と思った。

食事をして、街中をぶらぶら歩き、それですぐまた出発してしまったので、アガディールにはほんの二時間ほどしかいなかった。それはただの通りすがりの町にすぎず、たぶんもう二度とふたたび行くこともあるまい。しかし、その二時間のアガディール滞在は、言い知れぬほど甘美な開放感、幸福感に包まれた記憶として残っている。アガディールという地名を発音してみると、大袈裟な言いぐさになるが、その音はわたしの耳に、「救済」の観念が籠もった明るい響きとして聞こえずにはいない。

アガディールの後、海沿いに北上してエッサウィラまで行き、たしかそこで一泊したのだと思うがはっきりとは覚えていない。エッサウィラは美しい町だが、そこにどうしても行きたかったのは、そこがオーソン・ウェルズ監督・主演の『オセロ』（一九五二年）の撮影のロケ地だという理由が大きかった。ウェルズ監督・主演のシェイクスピア映画としては他に『マクベス』（一九四八年）と『オーソン・ウェルズのフォルスタッフ』（一九六五年）があり、またウェルズは別の監督による『リア王』にも主演しているが、映画として圧倒的に凄いのは何しろ『オセロ』である。『オセロ』を見れば、映画における真の天才とはどういうものなのか、それがまざまざとわかる。わたしは全映画史を通じてのベスト・テンに入れてもいいと思うほどこの映画を愛していて、その名シーンの舞台となった、大砲が並ぶ海ぎわの城塞(スカラ)に身を置き、潮風に吹かれながら水平線を見渡したときには、震えるような感動を覚えたものだ。

エッサウィラからさらに北上するとエル・ジャディーダがあり、ポルトガル占領時代の香りを残した、これもまた美しい町である。そこのメディナの中心部には、列をなすゴシックふうのアーチ群で天井を支えた巨大な地下貯水槽があり、そこを見物できたのも嬉しかった。

この壮麗な空間もまた、ウェルズの『オセロ』で実に見事な用いられかたをしているからだ。わたしはこの原稿を書くために数十年ぶりでDVD化された『オセロ』を見直したのだが（ただし画質が話にならないほどひどくて、この傑作の魅力がこれでは半分も伝わらないと思った）、もうそれについて詳しく触れる紙幅はないし、まあエッサウィラもエル・ジャディーダも、ここでは実はどうでもよい。

ここで語りたかったのはアガディールである。それは赤い花崗岩の岩山の連なりといった特異な風景で名高いわけでもなく、愛する映画の記憶を探訪するといった興味がかき立てられるわけでもない、つまりはさしたる特色も見どころもない、ちょっぴりさびしいふつうの町でしかなかった。わたしはたんにそこを通り過ぎただけである。しかしそこを通過したことはわたしの人生の重要な体験の一つだった。アガディールが懐かしい。

ドーチェスター

この連載でここまで何度も「ふつうの町」という言葉を使ってきたが、「ふつう」というのはそれにしてもいったいどういうことを言うのか。ふつうの服、ふつうの食べもの、ふつうの暮らし、ふつうの人——どうもあまりまともな意味をなすようには思われない。時代により土地により、社会により習俗により、そして何よりも一人一人の個人の感じかたによって、「ふつう」の基準は無限に変異するだろう。が、それでは「ふつう」という形容に何の意味もないかと言えば、必ずしもわたしはそうは思っていない。

阿部昭に『変哲もない一日』というタイトルの著書があるが、わたしにとって「ふつう」の言い換えとしていちばんしっくり来るのは、この「変哲もない」という言葉である。わたしは最近、阿部の『無縁の生活』『人生の一日』『単純な生活』などを読み返し、これはやはりなかなか大した仕事なのだと居住まいを正すような気分になった。阿部昭は「ふつう」であることをひたすら尊び、その意味と価値を決してぶれない端正な文章で誠実に語りつづけた作家である。こんな「変哲もない」私小説ばかり書いて、それがいったい何ほどのことかと、若い頃のわたしなど阿部を少しばかり軽んじていたものだが、そんな思い上がりが今になってみると後悔されてならない。

阿部昭を読み直す気になったのは、今年（二〇二〇年）二月に古井由吉さんが亡くなった後、日を追うにつれて込み上げてきたいろいろな感慨を反芻しているうちに、そう言えば、古井さんが同時代の作家について肯定的な評価を下すのを、面と向かっての会話で聞いたのはたった一度きりだったなあ、と思い出されたからである。それが阿部昭に対してのものだった。もう十数年も前のことだと思う。そのとき阿部はもう死んでいたが、「内向の世代」というレッテルでひと括りにされていた者同士だから、古井さんにとってはもちろん自分と「同時代」を生きた作家にほかならなかった。

どういう言葉でおっしゃったのだったか、正確には覚えていないのが残念だが、ともかく、阿部がそっちをやる気ならそっちはもう任せた、おれはこっちをやるから——自分はそんな思いで小説を書いてきたのだ、といった内容だったと思う。「そっち」や「こっち」が具体的には何を意味しているのか、もっと突っこんで尋ねてみなかったことが悔やまれる。尋ねてみて返事も聞いたのに忘れてしまったのか。いずれにせよ古井さんは、自分より三歳ほど年長のこの頑固な作家の、抑制された澄明な文章に敬意を払っていたのである。そのときわたしは、話の流れで、後藤明生や日野啓三や高井有一の作品をどう思うかももちろん尋ねてみたはずだが、それに対しては格別の反応はなかった。あったら覚えているはずだ。

一種の同志意識、さらにはライヴァル意識さえ示唆するような――同志が同時にライヴァルでもあるのは物書きの世界では当たり前のことだが――ニュアンスで、古井さんの口から不意に阿部昭の、しかも彼だけの名前が出たのはわたしにとっては少々意外で、その意外の感のゆえにこのささやかな挿話を今に至るまで覚えているわけだ。しかし、これは実はさほど意外なことではないのかもしれない。古井さんは意味のないことをその場かぎりの思いつきで口走るような方ではなかった。

「変哲もない一日」「人生の一日」の積み重ねが、日々となり月々となり、やがて一生そのものとなってゆく。そう言ってしまえば、取りつく島もないほど何とも「ふつう」の話ではある。だが、人はそんなふうに「ふつう」を生きているのである。傍からは一見、波乱万丈の人生をおくったように見える人でも、その人自身にしてみればその人なりの「変哲もない一日」の単調な継起を持ちこたえつづけただけだろう。そして、波乱万丈と平穏無事とを問わず、そんな「一日」の繰り返しにも、遅かれ早かれいずれは終わりが来る。ただ、享年五十四での阿部昭の死はあまりに早く、古井さんがわたしに洩らした言葉には、ひょっとしたらその早世がもたらした衝撃のエコーが響いていたかもしれない。

「変哲もなさ」を自明のものと受け取りそこに自足している人だったら、あるいはまた、それに何となく飽き足りず何か変わったこと、珍しいことが起きればいいのにと始終思っている人だったら、わざわざ「変哲もない一日」を表題に掲げた文章など書きはしまい。阿部の私小説を何冊か読めば、家族のいろいろな問題を抱えた彼が決して安穏と生きた人ではなかったことがわかる。一日が「変哲もな」く暮れてゆくのは、彼にとっては得難い恩寵のようなことではなかったか。内心の思いを声高に言いつのるような人ではなかったからそんなことごとしい言葉はもちろん出てこないが、そこには何か祈りのようなものさえあったのではないか。

　ともかくわたしがここまで書き継いできたのは、自分の人生の「変哲もない一日」のこと、その積み重なりのことだった。そんな一日、そんな日々が過ぎていったことの背景に、これもまた同じように変哲もなかったあの町の風情、この町の空気があり、そうした風情の切れはし、空気の残り香が、そこからかなりの時間が経過した今、まなうらに揺らめく残像のように、あるいは肌をなぶる感触のように、ふと甦ってくる。それだけのことなのだ。

　わたしは一九九七年八月から翌年四月まで、マサチューセッツ州ケンブリッジのハーヴァード大学に客員研究員として赴任した。四十三歳から四十四歳にかけてのことになる。当時『群像』の副編集長だった石坂秀之さんの慫慂で、「シャンチーの宵」という短篇小説を書いたのはこの在米生活中のことで、それは同誌の九八年五月号に掲載されたが、いわゆる「文芸誌」に自分の小説が載るというのは、いやそもそも四十数枚の長さの小説を書くということじたい、わたしにとってそれが初めての体験だった。石坂さんの、今振り返って考えてみても奇特と言うほかはないご厚志によって、わたしは作家、小説家と呼ばれるものの端くれになろうとしていたわけだが、当時はそんなことは考えてもみなかった。作家などという言葉に何の実感もなかった。ただ「シャンチーの宵」には、横浜の裏町で偶然出会った謎めいた老中国人が、主人公の中年男に、「どうもあんたは危ない顔をしているね」「どっちに転ぶか……きわどいところにいるな」などと人相見のようなことを言う場面があるから、自分が人生の新しいステージにさしかかっているようだという無意識の直覚のようなものはあったかもしれない。

「どっち」というのはどういうことなんだと訊き返された老人は、「……つまりは必死で遊ぶ気になるかどうかってことだろうなあ。必死って、必ず死ぬと書くんだよ。必死の遊びよ。そこまで行かないことには本物の遊びにはならない。そっちに入っていくのが一つの道。それを諦めて影の薄い人生をおくるのも一つの道。あとはあんたの決心次第……」などと、ちょくるような、恫喝するような無責任な放言を、演歌のひと節めいた抑揚の声音で投げつけてくる。見るからにいかがわしい老人のその挑発を主人公が、「まあ、影の薄い男でいいよ俺は」と軽く言い捨てて受け流すのは、とりあえず常識的な対応というものだろう。「必死の遊び」など、「小説的」な趣向のなかでしかありえないむなしい夢想にすぎないといった程度のことは、四十男の面つきになりながら、年齢相応の世間知を身に着けおおせていたかどうか疑わしい当時のわたしとはいえ、さすがにわかっていたはずだ。それでも、人からそんな戯言を投げつけられてふと心が揺らぐという瞬間を、小説という文学形式で言葉に定着させてみたいという欲望が、あの頃のわたしにあったのは事実だろう。男の厄年は数えで四十二、後厄が四十三ということになっているのだったか。

ケンブリッジはチャールズ川を隔ててボストンの北西に隣接した小綺麗な大学町である。

八か月ほどの滞在中、わたしは大なり小なり「変哲」のある喜び、驚き、落胆、悲哀を経験したし、その仔細をいくつものエッセイに書いてもきた。しかしわたしの心に今しきりに甦ってくるのは、知的刺激に溢れていたケンブリッジや、由緒ある歴史の重みをたたえた賑やかな都会のボストンではなく、ボストンの南のドーチェスターという小さな町で過ごしたある午後のことである。ひょっとしたら行政的には独立した町ではなく、広域ボストンの一角を占めるドーチェスター地区なのかもしれない。

ドーチェスターには、ハーヴァードにやはり客員研究員として来ていた中国人の馬君が住んでいて、そのアパートの建物の半地下で小さな展覧会をやるから見に来ないかと誘われたのだ。馬君が一緒に暮らしているパートナーはポーランド人の青年で、金属彫刻を作るアーティストなのだという。ボストンのダウンタウン・クロッシング駅から地下鉄のレッド・ラインに乗れば、ドーチェスターへはそのまま乗り換えなしで行ける。

わたしは当時、東アジア・東南アジア研究のセンターであるイェンチン・インスティテュートの書庫と閲覧室に入り浸って暮らしていたが、その一階のコーヒー・コーナーで何となく話をするようになったのが、英米のモダニズム文学の中国への影響を研究しているという比較文学者の馬君だった。何度か一緒にランチを食べ、訊かれるままにジョイスの日本語訳の出来栄えについて私見を述べたりしたが、友だちというほどの親しい間柄になったわけではない。そんなわたしにまで嬉しそうに展覧会の案内状を手渡してよこして、オープニングにぜひ来てくれと熱心に慫慂したのは、パートナーの作品をできるだけ沢山の人に見てもらいたいという率直な気持ちからだろう。今ウィキペディアの「ドーチェスター」の項を見てみると、ＬＧＢＴに寛容な町だと書いてある。二十数年後になって思い当たるのも間抜けな話だが、馬君たちがドーチェスターで暮らしていたのはそんな土地柄によるのかもしれない。

その頃家内は東京での仕事を離れられず、ハーヴァード滞在は基本的には単身赴任で、人恋しい気持ちがつのってもいた。現代美術にはさしたる興味もなかったが、誘われるままに出かけてゆくのは何の苦でもなかった。天気のよい晩秋の一日だった。案内状の地図を頼りに会場まで行き着き、作品を見て、初対面の作者にお世辞を言い、ワインを二、三杯振る舞われ、サンドイッチをつまみ、何人かの人たちとちょっと話して、大して長い時間滞留せずに帰途についた。

作品というのは銅板と銅線を組み合わせた抽象彫刻で、銅板にはアーティストの自作の詩が英語とポーランド語で刻みこまれている。造形作品として、ありていに言えばそう面白いものではなかった。まあプロの芸術家というわけではなく――もしそうだったらこんなガレージめいたところではなくちゃんとした画廊で個展を開いたはずだ――、片手間の趣味といった程度のことだったのだろう。二十人ほどの人たちが集まっていたが、馬君以外には顔見知りもおらず、強いポーランド訛りの英語を話すそのアーティストをはじめ、紹介されるまま何人かとちょっとしたお喋りをしたが、こういう立食のパーティでは表面的な社交会話以上の実のある話などできようはずもない。わたしはすぐ退屈して、失礼にならない程度の時間が過ぎたと判断するや、ちょっと用があるからとか何とか呟いて出てきてしまったのだ。

別に用があるわけでもなかった。わたしは暇で時間があり余っていた。それで、最寄りの駅からは地下鉄に乗らず、ずっとケンブリッジまでということになると少々しんどいが、ともかくボストンの中心部あたりまでは歩いて帰ってみようという気を起こしたのだ。

しかし歩き出して間もなく、だいたいの方角はわかっているから迷子になったというわけではないけれど、自分がどこにいるのか判然としなくなってしまった。地図も持っていなかった。疲れたら最寄りの駅の場所——どのみちレッド・ラインの経路からさほど逸れてはいないはずだった——を人に訊き、地下鉄で帰ればいいだけのことだったが、何だかそれも面倒で、わたしはただ歩きつづけた。

ケンブリッジの学究的な雰囲気や、ボストン中心部の身なりの良い人たちが行き来する見るからに富裕な賑わいに慣れていた身からすれば、老朽化したビルの多いドーチェスターの何となく薄汚れた、さびしい街並みには、どこか不穏な気配があった。看板の文字が剝落しかけているようなサルーンの前に、目つきの悪い男たちがたむろして煙草を吹かしており、どうもあまり治安が良くなさそうだった。しかしそれも、お上品なケンブリッジあたりと比べてみればという話で、アメリカ合衆国の大都市の周縁部というのはまあどこもこんなものだろう。ケンブリッジに慣れてしまったわたしにしてみると、町の風景にブルジョワ的気取りがいっさいないのはむしろ新鮮で、もともとあまり育ちの良くないわたしとしてはそこに一種の居心地の良ささえ感じないでもなかった。

結局、予想外に長い散歩になってしまった。たしか数時間は歩いて、広大な公園になっているボストン・コモンの緑がようやく遠くに見えてきたときにはほっとしたものだ。途中、何か面白い事件が起こったわけでもないし、風景に興趣があったわけでもない。ドーチェスターは要するに、何の変哲もない、ふつうの町だった。

今グーグル・マップやグーグル・アースを開いて、あの午後の歩行がどういう道筋を辿ったのか確認しようとしても、記憶じたいが曖昧なのでよくわからない。何か殺風景な土手道のようなところを延々と歩いたような気がするが、それがどこだったかも同定できない。地下鉄の路線からだいぶ東に逸れ、海岸に近いあたりまで来てしまっていたのだろうか。その土手道を歩きつつ、彼方に海を遠望していたのだったかどうか。海が見えていたような気もするし、そうでなかったような気もする。土手の下にはたんに草野球のフィールドのようなものが広がっているだけだったか。

しかし、記憶が曖昧だと言った舌の根も乾かぬうちに、それと矛盾したことを言うようだが、けっこうくたびれ果ててボストン・コモンまで帰り着いたあの日の午後の散歩のことを、わたしは実はその後、折りにふれ想起してきた。風景は忘れてしまったが、その長い歩行の途上で経験したある「感覚」が甦ってくるのを感じつづけてきたのである。

正確に言えば、それは二つの「感覚」の混合のようなものだった。一方に、やるせない徒労感があった。それは幾重かの層をなしていて、義理立てする必要もない知人に義理立てして、半日を空費してしまったなという直接的な後悔がまずあった。またもう少し視野を広げれば、自分は人文科学の研究者として何か意義のある仕事を為し遂げたいと、そのことだけ祈念して生きてきたはずなのに、せっかくの貴重なサバティカル休暇をアメリカ東部のこんな場所で過ごしている、またうかうかと碌でもない小説の創作なんぞに手を染めて時間をさらに無駄にしつつある、しかも今はこんな土手道を無意味にてくてくと歩きつづけている、こんなことでいいのか、いったい自分は今後どうなってゆくのか、と途方に暮れる気持ちや焦燥感もあった。さらにはそういったいっさいの根底に、大袈裟な物言いになって面映ゆいが、自分がこうして生きていることじたいにいったい何か意味があるのか、何の意味もないのではないか、という子供の頃からずっとわたしに付きまといつづけてきた、存在論的なとでも形容すべきか、根深い疑い、心許なさ、覚束なさの感覚があった。

しかし同時に、こうした徒労感とは異質のもう一つの感覚もあった。それをうまく言葉にできないのは、あのときもそうだったしそれから二十何年か経過した今になっても依然として同じなのだが、あえてひとことで言ってみるならそれは、特別なこと、際立ったこと、輝かしいことなど何一つないこんな「変哲もない一日」でさえ、実は奇蹟のような何かではないのか、ということだ。

今ここに自分がいること。それは確率論的にはほとんど零に等しい、すなわち端的にありえないと言ってしまってもいいような無数の偶然が、奇蹟的に重なって実現された時空の体験なのではないか。たとえそれがよしなしごとで無駄に潰れてしまった一日、無意味に経過し無意味に暮れていこうとしている一日であろうと、それは極度に稀少な、ほとんど恩寵のような出来事ではないのか。

奇蹟だの恩寵だのといった宗教的含意を帯びがちな言葉を、本当は使いたくないのだ。人生の一日はなべて奇蹟であり恩寵であるから、それを与えてくれた天上の大いなる存在に感謝を——といった話の流れにおのずとなりがちであろうが、それはわたしの本意ではまったくない。わたしはいかなる種類の宗教への信仰心も持たず、超越とも神秘とも理念的かつ経験的にまったく無縁な、ごくつまらない散文的な男である。ここで言っているのはむしろひたすら数学的な問題で、わたしがここにあるのは、確率論的には不可能と言ってしまってもよいほど稀な無数の偶発事が、あるかたちにぴたりと合致することで起きた、例外中の例外とも言うべき出来事であろうという、それだけのことだ。それはほとんど、ありえないことである。にもかかわらず、わたしはある。そのことの不可思議をつい文学的に誇張して、奇蹟的などと形容したくなってしまうのだが、阿部昭の小説について語りながらすでに祈りという言葉さえ使ってしまったのだし、誇張された修辞にすぎないという留保付きで、ここでも奇蹟、恩寵とあえて言うことをご容赦いただきたい。

ドーチェスターのさびしい街並みを抜けていきながら、わたしはそんなことを感じていたのだった。繰り返すなら、その歩行のさなかでは、今ここに書きつけたような言葉でものを考えていたわけではない。その場では、何かしら言うに言われぬ軽い昂揚感があり、それが自分が他方で持て余している徒労感と微妙に混ざり合い、徒労感の否定面を稀釈し相対化し、一種の救いをもたらしてくれるような気がしていただけである。以後二十数年、それに似た救いの感覚を経験するたび、わたしはあの晩秋の晴天の午後、ドーチェスターからボストン中心部まで歩いた数時間が記憶の底からゆらめき立ってくるのを感じつづけてきた。わたしはほとんどありえないはずだ、それなのにわたしはある。こうしたとりとめのないことしか、二十数年経った今なおわたしは言えないままでいる。しかし、そこから帰結する実践的な教訓は明らかだ。「変哲もない一日」をもではなく、「変哲もない一日」こそをいつくしみ、愛おしみつつ「単純な生活」をおくるべきだというのがそれである。

中軽井沢

死んだ親の持ちものだった小さな休眠会社を整理した後に残った小金と、大学を早期退職して貰った退職金とで、夏を過ごすための小さな家を中軽井沢に建てたのは二〇一三年のことだった。人はよく謙遜のつもりで、いやほんの山小屋で……などと呟いてみせたりするものだが、その家は小屋と言うほどみすぼらしい代物ではなく、かと言って正直なところ別荘、山荘と胸を張って言えるほどご大層な建物でもない。必要最小限の設備をそなえた、要するにただのごく小さな、ふつうの家である。

東京で過ごす夏の暑さがだんだん耐えがたくなってきたのは、世紀の境い目を跨いだあたりからだろうか。酷暑から避難できる別天地を夢見ることもないではなかったが、大学に勤めていた間は忙しさにかまけてその実現に本気で取り組む余裕はなかった。それに、先に触れた親の会社の整理に尋常一様でない苦労をしなければならなかった。

会社は二つあり、いくつかの不動産など実質的な資産を持っているのは片方だけだが、その会社の株主がもう一方の会社になっている。そっちの会社の株は父が個人で所有しており、それは母が相続し、しかし母は父の死後半年も経たずに後を追うように死んでしまい、すべてが未整理のまま遺されて一人息子のわたしの肩にのしかかってきた。経理に携わっていた海千山千の税理士は、妙に口が重くてのらりくらりとわたしの質問をかわし、かと思うと特殊な専門用語をちりばめた一般論を立て板に水のようにまくし立ててこちらを煙に巻こうとする。まあ煙に巻くつもりはなく、たんに専門家としての能力が低かっただけかもしれない。わたしはこのときの体験を基に後年、「専門家とは要するに質問に答える能力を持つ人のことである」という趣旨の「専門家論」を書いた(『黄昏客思(こうこんかくし)』文藝春秋、二〇一五年刊に収載)。

とにかく何が何だかわからない。結局わたしは自分で会社法の条文をぜんぶ読み通すことから始めて、幾箱もの段ボールに詰まった書類を掘り返し、そんな複雑な成り行きになった事情を解きほぐしつつ、一つ一つの案件を片づけてゆくほかなかった。両方の株式会社の解散登記が完了するのに七年かかり、その間に人間関係で嫌な思いをすることは数知れず、わたしの生来の厭人癖はいよいよ嵩じることになった。人間というのは愛すべきものであり、また疎ましいものでもある。しかし、どちらかと言えば結局は疎ましいものである。そういう感想が残った。

ともあれ、会社の整理の最終段階でかなりの額の税金を払った後、多少の小金は残った。さらに、これはその会社の問題とはまったく無関係に、わたしは二〇一二年に教師業を辞めて何がしかの退職金が懐に入り、後はもうやりたいことをやって生きていけばよいという心境になり、かくして東京の暑さからの避難場所という年来の夢に形を与えることに本腰を入れようと思い立った。人交わりをしないで済む広々とした場所で暮らしたいとつくづく痛感していたということもある。

そこでけっこう時間をかけて、ドライブついでに富士五湖や八ヶ岳を見て回ったが、どうもわたしと家内の双方が気に入るという物件にはなかなかめぐり合えなかった。挙げ句に、ではやっぱり軽井沢かなという話になった。

軽井沢をとりたてて忌避していたわけではないが、最初のうち乗り気になれなかったのは、立原道造の詩や堀辰雄の小説を愛読していた自分の少年時代に対する、様々なコンプレックスの絡んだ面妖な感情のせいだろう。実際、わたしは立原の詩篇のいくつかなど、そらですらすら口をついて出てくるほどに愛誦している中学生だった。

夢はいつもかへつて行つた　山の麓のさびしい村に
水引草に風が立ち
草ひばりのうたひやまない
しづまりかへつた午さがりの林道を

（「のちのおもひに」『萱草（わすれぐさ）に寄す』所収）

恐らく多くの人々が同じような体験をしていると思うが、ある年齢を過ぎれば、どこへ

「かへつて行」こうが行くまいが結局「夢」は「夢」、感傷は感傷でしかなく、そんなものへの陶酔は人生の戦場においては何の腹の足しにもならないという幻滅が来る。残るものは、そんな空中楼閣に入れ揚げていたかつての自分の未熟への気恥ずかしさ、面目なさである。だがその一方、今や決定的に失われてしまった少年期の想像上のユートピアへの、仄かなナルシシズムに染まった愛惜や懐旧の念もまた、自分の精神の基底をなす貴重な記憶として未だに残存しつづけていることを否定はできない。軽井沢という地名を聞くと、そんな愛憎こもごもの複雑な思いが叢雲（むらくも）のように湧き起こって収拾がつかなくなってしまう。そうしたアンビヴァレンツと正面から付き合うのはかったるくてならない。

それに、軽井沢をめぐるアウラの喪失は、たんにわたしの心に起こっただけのことではなく、現実に進行した歴史的現象でもあった。ある時期以降の軽井沢が、「西洋」「文明」「美」の高雅なシンボルであることを止め、ブルジョワというよりむしろプチ・ブルジョワの、あるいはいっそ「大衆」のお手軽な行楽地となっていった経緯は誰もが知る通りだ。夏の旧軽銀座の賑わいが東京原宿の竹下通りのそれと大して代わり映えのしないものになっているのは、実体験としてわたしもつとに知悉していた。

そういうわけで、ぜひとも軽井沢にという気持ちはまったくなく、消去法の果てに、まあ軽井沢でも仕方がないかという気分になっただけのことである。ところが、そんなふうに気乗り薄なまま何となく見に行った物件の一つが、中軽井沢の千ケ滝（せんがたき）西区にあるたいへん日当たりのよい平坦地の売りもので、わたしも家内もひと目で気に入ってしまった。初めてそこを訪れた日は、折りしも鮮やかな紅葉の真っ盛りで、黄と赤が美しく混ざり合った葉むらの丈高い木立ちにあたりいちめん囲まれたその土地は、熱暑の東京からの逃避場所として、これ以上ないほどふさわしいものと思われた。ハルニレテラスまで歩いて十分ほどのその土地を買い、そこに小さな家が竣工したのが二〇一三年の七月で、以来、一年の三分の一ほどはそこで過ごすという生活が始まって今に至っている。

住み心地はきわめて良いが、その理由の一半は中軽井沢というこの場所にある。西武グループの創業者堤康次郎が大正時代に開発した千ヶ滝別荘地は、もちろん町ではなく、造成された人工空間でしかない。しかし、国道１４６号線を南へ二キロほど下ると国道18号線に突き当たり、それに接するようにしなの鉄道の中軽井沢駅があって、そのあたりはかつては沓掛と呼ばれた宿駅であり、今でも居つきの人々の暮らすふつうの町が広がっている。

沓掛宿は、沓掛時次郎という任侠の徒のキャラクター名を通じて、子供の頃からわたしの頭に何となく入っていた懐かしい地名である。長谷川伸が一九二八年に発表した戯曲『沓掛時次郎』じたいには何の馴染みもないが、それを基に作られた、市川雷蔵主演・池広一夫監督の『沓掛時次郎』（一九六一年）や初代中村錦之助主演・加藤泰監督の『沓掛時次郎　遊侠一匹』（一九六六年）などは見ていたからである。由緒あるこの地名が今や駅名にも住所にも残っていないのが残念でならない。

しなの鉄道はＪＲ東日本から経営を引き継いだいわゆる第三セクターの鉄道会社だが、遡れば、国鉄信越線の沓掛駅が開業したのが一九一〇年、それが中軽井沢駅に改称したのが一九五六年のことだという。戦災からの復興がようやく軌道に乗り、高度成長期のとば口に入ったあたりの時点で、沓掛などという古臭い地名を脱ぎ捨て、軽井沢というブランド名にあやかろうという力が働いたのだろう。一九五一年の大火で沓掛の宿場町のほとんどが焼失したという災厄もその一因をなしたらしい。しかし、お隣りの信濃追分駅はずっと追分のままで、それは軽井沢とはまたいささか別種の情趣をまとった文化的記号として生き延び、人々の心を惹きつけつづけているのだから、沓掛の名前も残しておいてほしかったとわたしなどはつくづく思う。中軽井沢駅が全面改築されて地域交流施設が付設されたとき、その名称に〈くつかけテラス〉が選ばれたのは、せめてもここにと考える人々が少なくなかったからだろう。

東に行けば旧軽井沢で、お金持ちの豪壮な別荘が並んでいる。西に行くと追分で、そこにはまた独特ののどかな空気感が広がり、文人たちが好んで泊まった油屋旅館は今もあって、この地を愛した加藤周一は『高原好日——20世紀の思い出から』という興趣豊かな交遊録を書き遺している。翻ってその中間に位置する中軽井沢はどうかと言えば、その中途半端な名称に表われているように、旧軽井沢と追分の間に挟まれて何となく影が薄い。しかし、いかにもふつうの町という感じのその影の薄さがわたしは好きなのだ。別荘族のいない時期になるとやはりちょっとさびしい風情が漂うが、そのさびしさはさびしさでなかなか良いものである。

旧軽のようなブルジョワ的な臭みも、観光地ふうのよそ行きの気取りもなく、その一方、医院、薬局、理容院、電気屋、金物屋、蕎麦屋、ラーメン屋、焼き鳥屋、何軒ものコンビニなど、ふつうの町が備えていてほしいすべてがそこにはある。たいへん美味しい自家製の品を売っている洋菓子屋、和菓子屋、パン屋もある（〈ハルタ　軽井沢〉のパンは絶品と言うほかない）。旧軽に沢山あるのと遜色のない、しかももっと安価な値段で洗練された料理を供してくれるフレンチ・レストランもある。何より嬉しいことに、中軽井沢駅の〈くつかけテラス〉内には非常に充実した軽井沢町立図書館がある。

現今、自治体の運営する公立図書館は、需要の多い安っぽいベストセラー本などを目立つ場所にずらずら並べる一方、書き手と出版社が心血注いで作り上げた個人全集などは、所蔵していないわけではなくても、閉架の書庫に仕舞いこんでしまって、わざわざリクエストしなければ出してきてもらえないシステムになっているところが多い。軽井沢町立図書館が有難いのは、そうした美しい造本の個人全集のためにたっぷりした開架スペースを当てて、自由に手に取れるようにしてくれているところだ。しかも、外函を捨ててしまってみすぼらしい裸本にして並べている多くの図書館とは異なり、函付きのまま書架に配架してくれているのがすばらしい。近年函入りの本がめっきり刊行されなくなってしまったのは、書物というものがもはや文化財ではなく消費財、消耗品、たんなる情報の伝達ツールになってしまったからだろう。しかし、かつては本は大事にされるべき「物」であり、そうした心ばえの端的な表われとして、優れた本、尊重されるに値する本は堅牢な函に収めるという慣習があった。それは他国にはほとんど見られない、日本の出版文化独自の嘆賞されるべき伝統だった。軽井沢町立図書館にはそうした心ばえ、あるいは心意気がまだ生きているのだ。

ところで、「沓掛」という地名には個人的記憶があると言ったが、実は「千ヶ滝」にもそれはあった。江藤淳の美しいエッセイ「場所と私」は、彼の千ヶ滝の別荘とその土地の思い出について書かれた文章で、高校生のわたしはそれを初出誌で読み（『群像』一九七一年一〇月号）、まだ行ったことがなかった千ヶ滝という地名がそのとき脳裡にくっきりと刻みこまれたのである。同時代の日本の「文壇」事情などには何の興味もなく、毎月刊行される文芸誌を手に取ることもほとんどない少年だったのに、江藤淳の最新の文章が載っているということだけでこの号だけは飛びつくようにして買ったものだ。わたしは江藤淳の、ほとんど熱烈と言っていいほどのファンだったのである。しかし、『夏目漱石』『作家は行動する』などの彼の初期の批評作品が、十代のわたしをどれほど魅了したかという話に立ち入る紙幅は今はない。

そのエッセイで、江藤氏は書いている。昭和二十五年、旧制都立一中の同級生の別荘で、仲間と一緒に合宿したこと。その際に感じた引け目、僻み、コンプレックス。翌々年、その別荘を使わせてもらう許可を得て、そこに一週間ほど一人で籠もって「自炊しながら幼稚な物語を書いた」こと。それから二十年を経て、その別荘とさして遠くない場所に「ほとんど偶然のことから」自分の「小屋」を建てる成り行きになったこと。

ここで彼が「幼稚な物語」と言っているのは、むろんあの「フロラ・フロラアヌと少年の物語」のことだろう。立原道造に「物語」というのか「お伽噺」というのか、散文体で綴られた「物語詩」のような一群の作品があるが、江藤の「フロラ・フロラアヌ……」はもちろんそのあからさまな模作である。この物語を前にして、江藤ファンだったかつてのわたしは困惑せざるをえなかったものだ。勇壮な「行動する」文体と精緻に組み立てられた論理で、文学を、社会を、歴史を小気味よく裁断しつづけてやまない鋭利な批評家と、「幼稚」な物語詩――「フロラ」に「フロラアヌ」を重ねるといったまだるっこしい頭韻の踏みようじたい、稚拙な文学趣味の極みだろう――を自己陶酔的に織り上げた感傷家とが、一人の人物のうちに同居しているというのは、これはいったいどういうことなのか。

しかし、それから何十年もの長い歳月が経ち、今のわたしには十分に腑に落ちるものがある――「フロラ・フロラアヌ……」の桃源郷への逃避を夢見た少年が、二十代の青年になりある回心を経て『夏目漱石』や『作家は行動する』を書いたこと。その同じ彼が四十近くの中年男になって「場所と私」を書き、その中で千ヶ滝という「場所」への屈折した思いを吐露しつつ、少年期に自分が書いた立原道造紛いのふわふわした物語を躊躇なく「幼稚」と断じたこと。さらにまた、五十代の後半に入った彼が、堀辰雄の人間と文学への苛烈な断罪を含む『昭和の文人』を書くに至った経緯もまた。

この文章の始めのほうで、軽井沢という土地をめぐってわたしが経験した幻滅やら愛憎こもごものアンビヴァレンツやらについて語ったが、それはごく大雑把に言ってしまえば、江藤淳が軽井沢に――というよりむしろ「軽井沢的なもの」にと言うべきか――対して抱いた感情の変容過程と、どうやらほぼ相似のもののようである。その相似が行き着いた果てに、わたし自身もまた、ほかならぬ千ヶ滝に小さな家を構えることになったという偶然はいかにも奇妙な巡り合わせであり、今さらながら軽い当惑を覚える。だが、それははたして偶然だったのか。千ヶ滝別荘地に土地の売りものがあるという話を聞いた瞬間、真っ先にわたしの頭を掠めたのは、ああ千ヶ滝か、江藤淳が「場所と私」で書いていたあの「場所」か、という思いではなかったか。

ところで、いざ千ヶ滝で夏を過ごす習慣が身に付き、この土地と親しい関係を取り結ぶようになってみると、精神状態がもうひと巡りして新しい段階に入ったとでも言ったらいいのか、あの幻滅やらアンビヴァレンツやらがごく自然に後景に退いてゆくような感じになったのは我ながら面白い。実際、もう自分とは縁遠いものになってしまったとてっきり思いこんでいたあの少年期のユートピア的夢想が、不意にそこはかとなく蘇ってくるのを覚えないでもなく、そしてまたそのことにとりたてて愉楽も郷愁も、はたまた苛立ちも困惑も感じるわけではない。

馬鹿々々しいことを言うようだが、犬を連れて別荘地のなかを散歩しながらふと、あの曲がり角から麦わら帽子をかぶって肩から画材を提げた、金髪の西洋人の美少女が突然現われたりしないものか——などと、ぼんやり考えている自分に気づいて苦笑したりしているのだ。どうもわたしは、ここに至ってはもう少年期の自分と和解してもいいのだ、何もかも赦してしまっていいのだ、と考えているらしい。これは頽廃ではないのか、そんなふうに自分を甘やかしてしまっていいのかという「批評的」な思念がよぎらないではないが、本気でそれを追おうという気がないので、それもたちまち薄れて消えてゆく。それもこれも結局どうでもよくなってしまった、少なくともそうなりつつあるということか。そしてそれが老いというものなのか。

江藤淳の場合はどうだったのだろう。『昭和の文人』などを読むかぎり、そんな和解も赦しもどうやら彼には訪れなかったようである。お気の毒なことに、批評家というのはまことに因果な商売なのである。もっとも、江藤氏は享年六十六という、当代ならばまだ老いのとば口と言うべき若さで亡くなられてしまったので、その先さらにご存命だったらどうなっていたかわからない。ちなみに六十六はちょうどわたしの今の年齢である。

要するに、幻滅と言いアンビヴァレンツと言い、わたしの場合はまあそう根の深いものではなかったということだろう。わたしは江藤淳が「フォニイ」と罵倒した辻邦生の小説に対しても、変わらぬ愛着と尊敬を抱きつづけているし、また立原道造の詩にしても、それを一概に全否定しようという気持ちは実のところはまったくないのだ。先ほどつい、小馬鹿にするような書きかたをしてしまったことを反省しつつ、公平を期してもう少し正確に言い直しておくなら、たしかに個人的にはあのナルシスティックな抒情に素直に肩入れしたり、感動したりできなくなって久しいのは事実だが、その一方で、立原道造が日本の近代詩史に占める位置の独自性、重要性へのわたしの敬意は、かつても今も変わることがない。

先に冒頭部分を引用した「のちのおもひに」などが鮮やかに示しているように、精妙に選び抜かれた語彙、快いリズムを刻む構文、絶妙なバランスを見せる改行からなる、彼の詩篇に漲る「言葉の音楽」は、いま読み返してもつくづく大したものだと思う。立原道造の詩は、——少なくともその幾篇かの傑作は、世間知らずの夢見がちな青年の手になるたんなる甘ったるい砂糖菓子ではない。むしろ骨太な批評意識の貫徹する、精密に造型された真正の芸術作品だと思う。立原作品そのものと、江藤氏の「フロラ・フロラアヌ……」をはじめとする立原作品のあまたのパスティッシュとを隔てているものは、この芸術性の有無である。よく覚えていないが、わたし自身、思春期の頃、多くの中学生同様に立原紛いの詩（のようなもの）を書いてみて悦に入っていたことがあったかもしれない。しかし、安直な模倣を誘っているかに見える立原の詩は、実は意外に堅固に作り込まれた手ごわい芸術作品であり、真似しようとしてたやすく真似できるような代物ではない。

しかしまあ、そんなことはどうでもいい話である。不意に人類に襲いかかってきたこのウィルス禍の渦中、不本意ながら東京の自宅に足止めされ、木の芽が今にも萌え出ようとして空気がうずうずと震えているような、まだ肌寒い千ヶ滝界隈の早春の美しい風物を、今年は惜しいことに体感しそこねてしまった。本格的な夏の訪れの前に、できるだけ早く中軽井沢に居を移したい。広々とした緑のなか、犬を思うさま駆け回らせてやりたい。

夢のなかで行った町

こんなふうにまだいくらでも書き継いでゆくことができる。たとえば、スリランカのコロンボ（寺院に集まる猫、夕暮れ、路地）。スペインのサラマンカ（閑散とした中華料理店）やレオン（フレームのはずれた家内の眼鏡を手早く修理してくれた眼鏡屋さんの女性、その笑顔、坂、濃厚な赤ワイン）。チュニジアのシディ・ブ・サイド（この紺碧の海を眺めながらフーコーは『知の考古学』を書いたのかと想像すると心が震えた）。ヴェトナムのホイアン（夜の旧市街のあちこちにおびただしく灯る提灯や灯籠は幻想的な光の宴を醸し出していた）。インドネシアのソロ（年が改まる瞬間をそこで迎えた。お祭り騒ぎのように爆音を立てて町中を走り回るオートバイの群れ）。合衆国マサチューセッツ州のプロヴィンスタウン（写真家マイエロヴィッツの、青天に稲光が一閃する瞬間を捉えた傑作をわたしはずっと愛してきたが、写真集『ケイプ・ライト』に漲る清澄で透明な空気感は映像のトリックではなく、コッド岬の風土の現実そのものなのだと現地に行って初めて知った）。スコットランドのインヴァネス（ネス湖から続くネス川の砂州にしつらえられた小公園での散歩、徐々に深まっていった夕闇）。同じくスコットランドのスカイ島のいくつかの町々（本当に心愉しいドライブだった）。日本で言えば、いろいろあるがたとえば五島列島の一つ福江島の富江港（かんかん照りの午後、フェリー出航までの時間を潰すためにひと気のない町をやたらに歩き回った）。その他の町々、様々な町々……。

しかし、昔話はこのあたりでもう十分だろう。過去を振り返ってみても始まらないというありきたりな処世訓には、やはり拳々服膺すべき真実が含まれている。いろいろ思い出しながらそれを言葉にして綴ってゆくのは楽しいが、そんな後ろ向きの快楽に耽っていると背がだんだん丸く屈まってゆくようである。

プルーストは決してたんに退嬰的な想起の快楽に耽っていたわけではなかった。"Proust had a bad memory." と言ったのはサミュエル・ベケットである。『失われた時を求めて』の執筆は、自身の記憶を素材とした芸術作品の創造という、未来へ向けての投企であり、その投企にみずからの生の残りの時間のすべてを賭けるという乾坤一擲の冒険にほかならなかった。わたしの文章はそんな大層なものではなく、初回の冒頭でも語ったように、たんなる昔話にすぎない。

それはもうこれで十分だという思いとともに、今わたしの頭を去来するのは、昔話で語られるその「昔」とは、はたして本当に実在したのかという漠とした疑念である。過去は実在するのか。これは時間をめぐる哲学的存在論で繰り返し提起されてきた、興味深い思考実験である。いま現在のこの瞬間、わたしはたしかに在る、と一応そう言える（もっとも、映画『マトリックス』のような世界観に立てばそれさえ疑問に付されることになるわけだ）。わたしが見るもの、聞くもの、触れるものをはじめとするこの世界も在る。では過去のわたし、過去の世界はどうか。わたしが体験したあの旅、あの出会いは今となってはもはやなく、それはただ記憶という心的現象として存在しているだけだ。そのとき撮った写真、捨てずに取っておいたチケットの半券といった証拠物件や、その場に居合わせて体験を共にした人の証言などが、その旅、その出会いの事実性を補強しているかのようではある。しかしそれはたんに補強しているだけのことで、旅や出会いがたしかに在ったことを百パーセント証明しているわけではない。

　極端な話、ビッグバンから始まって現在に至る歴史の痕跡をとどめたこの宇宙のいっさいが、そこに棲まっている、物心ついた時点から現在に至る記憶をそなえたわたしともども、ほんの五分前に創造された——と仮定してみたらどうか。蓋然性にきわめて乏しい仮定だが、いざそれを決定的に覆す客観的論拠を見出そうとしてもなかなか見出せないことに気づいて、人は愕然とするだろう。そのあたりの議論はたとえば哲学者の大森荘蔵（おおもりしょうぞう）などがきわめて精緻に展開しているので、ここではその詳細に立ち入る要はあるまい。今確認しておくべきは、わたしの過去はわたしの記憶という心象のうちにしかないという一事に尽きる。

　そして、心象でしかないという点に関するかぎり、それは眠っている間に見た夢の記憶とそう大して変わりはしないのだ。思い出と夢——前者はほぼ間違いなく確実に実在したものをめぐる心象であり、後者は完全に非実在のものをめぐる心象であるが、心象でしかないという点では両者は等価である。結局わたしたちは、昨日見た夢を目覚めの後に思い起こすのとまったく同じように、かつて体験した過去を思い起こしているだけではないか。

さらに言うなら、前回触れた、これが老いというものなのかという感慨に通じることでもあるが、過去の体験も、それと現在とを隔てる歳月が長くなればなるほど当然ながらあちこち磨り減って細部がぼやけ、模糊としたものとならざるをえず、そのぶん夢のなかでの体験との近似が強まってゆく。長く生きれば生きるほど、過去はいよいよ夢うつつのような何かと化してゆく。ただし、古い記憶ほど夢に似てくるかと言えば必ずしもそうではなく、老齢に至って、現在時点からはもっとも遠い幼少年期の出来事こそが逆に妙に鮮やかな現実感とともに甦ってくるといった、遠近法の混乱、ないしその再構成があるのは、多くの人々の自伝などで語られている通りだ。ちなみにプルーストの場合、人々の老いを冷徹な視線で見つめた観察者ではあれ（『見出された時』での老残のシャルリュス男爵の描写、またその末尾に置かれた名高い「仮装舞踏会」のシーンなど）、何しろ四十代のすべてを「失われた時」の探求に費やした後、享年五十一で死んでしまった人だから、彼自身は真の意味での老いを経験してはいない。

そこで、この連載の最後に、夢のなかでわたしが行ったさびしい町のいくつかに少しだけ触れておこうと思う。

とはいえ、自分の見た夢を書き留めておくといった習慣はなく、見るはしから次から次へ忘れ去るままに任せているので、これは本当に漠としたゆるゆるの心象ということになる。夢のなかでいつも行くある特別な町、何か不思議な美しさに満ちたユートピアのような町があって、そこへの旅を繰り返すごとにその町の細部がますます鮮明になってゆく――よく出来た興趣豊かな短篇小説のプロットのような、そんな体験を物語れればいいのにと思うが、残念ながらそうした面白いエピソードの持ち合わせはない。わたしが持ち合わせているのは、同じような場所の出てくる同じような趣向の夢を、何度か繰り返し見たことがあるという体験だけだ。反復によって忘却の淵から辛うじて救われ、記憶のうちに残存して揺らめきつづけているいくつかの断片的な情景があるだけだ。

たとえばどうやらパリらしい町にわたしはいて、どこかへ行こうとしている。その町は地下鉄の代わりに高架線の乗り物の路線網が張りめぐらされており、わたしは街並みを上方から見下ろしながら空中を移動している。都市の交通機関というより、遊園地の上空にしつらえられたちゃちな乗り物のようでもある。どこかの駅で、たぶんダンフェール＝ロシュロー駅で乗り換えなければならないのだが、下界を見下ろしてあのあたりかななどとぼんやり考えているうちに、もうすでに乗り過ごしてしまったようだ。わたしは夕食をとるためのレストランを見つけようとしているらしく、困ったなと思っている。やや時間が経って、と言ってもこれはまた別の機会に見た夢が混入しているのかもしれないが、わたしはいつの間にか乗り物から地上に降り立ち、高架線を支える鉄柱のたもとに立っている。そこは妙にだだっ広いがらんとした広場で、あたりには人っ子一人いない。見上げると高架線のガード天井はわたしの頭上のはるかに高いところにあり、組まれた鉄骨の建築は壮麗な威容を示していて、何かしらエッフェル塔の真下にいるような気がしなくもない。結局、夕飯は食いっぱぐれるほかないのか。

また別の夢。繁華な大通りの交差点にある地下鉄駅で電車を降り、改札口を抜けたところらしい。地下通路の片側には弁当やケーキを売る商店が並んでおり、それを少し進むと交差点に面して建つ大きなデパートの地階へとそのまま入っていける。大通りは春日通り、交差点は上野広小路、デパートは松坂屋のようだが、しかし実は松坂屋ではなく原宿の表参道に面したおもちゃ屋のキデイランドかもしれない。家の近所のおもちゃ屋とは格が違うといった感じの高級感のあるキデイランドに連れていってもらうのは、幼児の頃のわたしの大きな楽しみだったものだが、いつの間にか建て替えられてこんな大きなデパートになっていたのか。いくばくかの時間が経ち、そのデパートの上のほうの階で何か楽しい時間を過ごしたわたしは今は下りのエスカレーターに乗っている。それは斜めの角度で宙空に架け渡された吊り橋のようでもあり、その角度がかなり急なので、これでは垂直の降下と大して変わらないではないか、落ちないように注意しなければとわたしは自分に言い聞かせている。エスカレーターというよりむしろ、少し離れて建てられた二つの棟の間を結んでいる連絡装置なのかもしれない。ふと目を上げると、ちょうど通過しようとしていたある階のワイシャツ売り場がガラス越しに見え、そこに誰か見知った人の姿を認めたような気がする。その階で降りようとするのだが降り口のようなものはなく、エスカレーターはもうすでに通過していて、わたしはさらにどんどん降下してゆく。

また別の夢。かつて上野の不忍池に沿って池を半周ほどしていた、廃止されて久しい都電に乗っているらしい。池を通り過ぎないうちに途中で降りて、わたしは歩いていかなければならなくなってしまった。近道をしようとしているのかもしれない。起伏の多い土地に、不規則に曲がりくねった小道がごちゃごちゃ入り組んでいる界隈で、何やかや小商いの店々が立ち並んでいる。文京区根津あたりのようでもあり東南アジアのどこかの町のようでもある。看板も出ていない小汚い一軒のなかにわたしは入ってゆく。それが昼どきの定食を供してくれる小料理屋であることをわたしは知っている。一度ぜひ入ってみたいと思いながら今まで機会がなかった、けっこう評判のよい店で、いつもなら外に客が溢れて行列ができているものだが、今日は運が良かった、しめしめとわたしは考えている。薄暗くて埃臭い店内には誰もいない。細長いテーブルの前に十人かそこら座れそうな細長いベンチが延びていて、わたしはそこにぽつねんと座り、店の人が出てくるのを待っている。背後にすぐ壁が迫っていて何だか窮屈だ。壁ではなくて外の道路に面した戸かもしれない。

また別の夢。大きな建物のなかの商店街を歩いてゆく。それは二階建ての建物で、一階部分に通路がずっと延び、その両側に店々が並んでいるが、その真上にちょうど同じ構造の商店街が乗っかっていて、その二階建て構造の通路がどこまでも真っ直ぐに続いている。一階から見上げると二階の床を突き抜けて吹き抜けの天井になっているような気もするが、一階と二階の構造的な関係はよくわからない。途方もない長さに延びているようなのを面白く思ったトロントの町の地下街の記憶が反映しているのかもしれない。寒さが厳しいトロントでは、厳冬期にも市民が遊歩して楽しめるようにという配慮で地下街が発達したのだという。しかしこの二階建て商店街は、地階と一階、ないし地下二階と地下一階なのではなく、やはり地上部分の建物の一階と二階なのだとわたしは知っている。ずっと歩きつづけているものの、気が向けばどこかの出口からすぐ外に出られるのだ。そんなふうに外に出ることを、「途中下車」という観念でわたしは把握している。しかし「途中下車」せずこの屋内に安穏と籠もって、店々を冷やかしながらどこまでもどこまでも歩きつづけるのが快い。ところどころにしつらえてある階段でときどき一階から二階へ、二階から一階へ移りながらわたしは歩きつづける。喫茶店やレストランに行き合うこともあり、香ばしい淹れたてのコーヒーのにおい、トマトソースのパスタのにおい、パクチーやカルダモンなどの強烈な香辛料のにおいなどが漂ってきては薄れて消えてゆく。トロントの地下街のイメージに、ヴェトナムのダラットの町の、傾斜地にへばりつくように建っているあの何か不思議な構造のマーケットの建物の記憶が混入しているのかもしれない。

さらにまた別の夢。海浜にある高台の、見晴らしのよい吹きっさらしのプラットホームに立って電車を待っている。通勤・通学の退けどきらしくホームは人々で混雑している。東京の南東の端、東京湾に面し千葉県と接するあたりのようだが、ニューヨークかボストンの町はずれのようでもある。さほど大きなターミナル駅ではないが、いくつかの路線が交差してかなめの位置を占める乗り換え駅であるらしい。そこから電車に乗るとまもなく鄙（ひな）びた町に着き、食堂や土産物屋の並ぶ通りを歩いてゆく。かつては多少栄えたものの、今や人気が凋落して寂れかけている二流か三流の行楽地のようだ。この町の風景と似たところはまったくないのに、コニーアイランドとか熱海といった地名がとりとめなくわたしの頭を掠める。何度か入ったことがあるので今ではもう馴染み客のように迎えてくれる食堂に立ち寄ったかもしれない。こんなさびしい町にはふさわしからぬ豪勢な作りの広い店内に、珍しく面白いものを陳列している土産物屋で時間を潰したかもしれない。さてそろそろ帰るとするかとわたしは思う。ずいぶん歩いてきてしまったから、駅まで戻るのはけっこう大変だ。そしてその駅からさらにあの海浜の駅まで戻らなければならないのだ。しかし、この近所の停留所からバスに乗ると、あの海浜の駅まで直行できるのだとわたしは思い出す。ただしその路線はかなり遠回りのルートなので、いつになったら行き着けるやらという不安もある。はて、どうしたものか。それに、どのみち海浜の駅まで戻れたとしてもそこからわたしの家までがまた大変で、ややこしい乗り換えをいくつも繰り返さなければならない。ああ何と面倒なことかとうんざりして、わたしは町はずれの空き地に立ち竦んでいる。夕闇が急速に深まってくる。

この夢の一種の変奏とも、もう一つの別の夢とも言えるのは次のようなものだ。崖のうえの、急斜面のぎりぎりのきわに建つ、駅と呼ぶのもおこがましいような小さな駅にわたしはいて、電車が来るのを待っている。この小さな駅に停車する電車はほとんどないので、乗りそこなわないように気をつけなければならない。高台のへりを伝う道路から分かれて山手線田端駅の南口のほうへ下ってゆく、あの細い坂道のことが何となく思い出されるが、これも風景としては実はまったく似たところはないのだ（田端駅じたいは坂の下にあったのだから）。あの坂道は荒川区道灌山の中学・高校へ通う通学路だった。学校の場所は今の西日暮里駅のすぐ近くだが、一九七一年四月に開業した西日暮里駅をわたしが利用できたのは高校の最後の一年間だけで、それまでは田端駅か日暮里駅のどちらかから歩いて通うほかはなかった。夢の話に戻るなら、ともかく定刻に来た電車に乗ってわたしはもっと大きな駅まで行くことができ、ただしそれははたして電車だったのか、何か吊り籠のようなものに乗りこんで、鬱蒼と樹木が茂る谷を横切ってゆく何か原始的な仕掛けのロープウェイで運ばれたような気もしてならない。それで着いた駅というのは、たぶん赤羽か十条のはずなのだが、駅を出てみるとそこは赤羽にも十条にもまったく似ておらず、寒々とした湖岸にひっそりと蹲（うずくま）るさびしい町だった。そこでいくばくかの時間を過ごした後、はて、あの小さな駅にどうやって戻ったらいいのだろうか、困ったなとわたしはぼんやりと考えている。あそこへ行く電車など一日に数本しか運行されていないのだから、きっともう終電が出てしまった後に違いない。わたしはどうやったら帰宅できるのか。

　無人の夢ばかり並べるような結果になってしまった。もちろん人間が登場する夢――彼ら、彼女らと濃密な交渉が展開される、なまなましい愛憎の絡んだ夢も見ないわけではないのだが、町だの都市だのに関わる夢を思い出そうとしてみると、そこに広がっているのはいつも無人かそれに近いさびしい風景であるようだ。人々が往来していても、それは存在感がきわめて薄い、顔のない群衆でしかない。人間絡みのシーンはすぐ忘れてしまう――忘れてしまいたいから、だろうか——というだけのことかもしれない。乗り物がよく出てくるのは、町というものは必ず何がしかの空間の広がりを持っている以上、その広がりを体感するのに乗り物が必要だからなのか。

そういうわけで、わたしが行ったさびしい町々をめぐる記憶の点描はこれで終わりである。最後に、「さびしさ」の観念についてもう一度触れておく。わたしはこの連載の第一回に、「最高の旅とはさびしい旅にほかなるまい」と卒然と断定してしまったものだが、この命題は人目にはやや奇異なものと映ったかもしれない。さびしい気持ちになるために、ただそのためだけに旅に出る。これはわたしにはきわめて自然な振る舞いと思われるが、それがどういうことかをいざ改めて説明しようとすると困惑せざるをえない。ただそうなのだ、それでも納得できなければ西脇順三郎の詩でも読んでみたらどうか、とでも言う以外にどうやらないようだ。西脇は「さびしさ」という感情に、至純の詩の魂、至上の詩の価値を充塡した詩人である。

窓に
うす明りのつく
人の世の淋しき
（『旅人かへらず』「一一」）

影のない曼陀羅の
草の実の
紅の無常
紫の淋しさ
形のわびしさ
山々の枯れ枝にさがる
冬の日にこぼれる

（同「一二四」）

人の世の、また人の生の本質をなすのは「さびしさ」だと考えていたとおぼしい西脇に、わたしは心の底から共感する。日々の生活のさなか、何やかや俗なよしなしごとに追いまくられていれば、それに取り紛れて「さびしさ」など感じている暇はなかろうが、そんなときでも生の最深部の基層をなしているのは実は「さびしさ」にほかならない。たとえ昼の覚醒時には抑圧されて意識の表層にのぼらなくても、眠って見る夢のなかにそれはおのずと滲出してくるだろう。

俗事に追いまくられるのに嫌気がさし、それから解き放たれたいと願うとき、人は旅にでる。旅の途上で人は、いつの間にか凝り固まってしまっていた決まりきった観念や思い込みを脱ぎ捨て、心も軀も身軽になって、自身の生のその基層まで降りてゆくだろう。そこに滞留している「さびしさ」を、生のままの純粋状態でじかに体感するだろう。旅は、わたし自身の、そして世界それじたいの「さびしさ」に、無媒介的に向き合える得難い機会なのである。そんなとき、この仮初の生のただなか、わたしが仮初に通り過ぎることになった町は、ことごとくさびしい町となるだろう。それればかりか、故郷の町、今現にそこに定住している町さえ実は例外ではなく、その本質においてはやはりさびしい町以外のものではないと気づくことになるだろう。数十年間住みつこうと、知り合いや友だちができようと、それもまた結局は通りすがりの町の一つでしかないのだ。わたしはたんにその町を、数時間、数日ではなく数十年かけて通り過ぎただけのことなのだから。

わが国の古人は「身に染む」という言葉を味わい深い詩語へと精錬し遂げてきた。「秋吹くはいかなる色の風なれば身にしむばかりあはれなるらん」(和泉式部)。「野ざらしを心に風のしむ身哉」(芭蕉)。「さびしさ」が身に染みる。「さびしさ」を身に染みるほどの深さと鋭さにおいて感受する。それはこの世に生を享けたことの意味が閃光のように開示される、恩寵の瞬間にほかならない。そうわたしは思う。

あとがき

題名通りの本である。内容について格別の説明は要しまい。「わたしが行ったさびしい町」の思い出を一つ一つ甦らせつつ、雑誌『新潮』の二〇一九年一月号から二〇二〇年八月号まで、ぽつりぽつりと書き継いでいった。そのエッセイ連作を、ほとんど手を加えずここに再録する。

こんなふうに自分の私生活の諸場面を、少なくともその断片を、あけすけに開陳した本を出すのは、わたしにとっては初めてのことかもしれない。『青天有月（せいてんうげつ）』（思潮社、一九九六年刊／講談社文芸文庫、二〇一四年刊）、『方法叙説』（講談社、二〇〇六年刊）、『黄昏客思』（文藝春秋、二〇一五年刊）などはたしかに比較的個人的な色彩が強い著作だったが、しかしそこには、自分自身の体験から出発しながらもそれを何がしか抽象度の高い思索へ結晶させようという志向がまだしもあった。それに対して本書においてはわたしはただ、自分の心に滞留しつづけている記憶の数々をめぐって、なだらかで衒（てら）いのない言葉を紡いでいっただけだ。本書の冒頭で使った言葉で言えば、「昔話」ということになる。

これまで自分を縛っていた禁忌を解き、そういう「昔話」に耽っても許される年齢に自分がなったということに、まあ勝手にしてしまったわけだ。それは、同年輩の友人や知人の訃報を聞いてたじろぐということが、ときどき起こるようになった年齢ということでもある。

恐らくそんな年齢に至って老人は、自伝などを書きはじめるのかもしれない。しかしわたしの場合、自伝という言説形式には、心をそそられるものが何もないのだ。それはたぶんわたしの記憶が線状の流れとして整序されておらず、単に孤立した点的なエピソード——場所、風景、言葉、顔、音楽——がときおりぽかりぽかりと泡粒のように浮かんできてはぱちんとはじけて消えてゆく、そんなかたちでしか心のうちに蔵されていないからだろう。前後の脈絡を欠いたそうした泡粒の湧出と浮遊を、線状のナラティヴへ組織したいと欲望し、それによって自身の生の意味を確かめられるだろうと期待して、人は自伝なり回想記なりの執筆を思い立つのかもしれない。だが、そんな欲望もそんな期待も、わたしにはまったくないのである。

それにしても、他人が語る「昔話」に人はどれほどの興味をそそられるものだろうか。わたし自身は他人の、とくに老人の思い出話を聞くのは、ときに多少退屈することはあっても基本的にはけっこう好きで、それは若い頃から今に至るまで変わらない。自分が喋るより人の話を聞くほうが面白いと思っている、わたしはそんなタイプの人間なのである。しかし近頃、人の話を聞くのが好きという性(たち)の人が、減ってきたような気がしてならない。

誰も彼も自分の話をしたくてうずうずしており、他人が話し終えるのを待ちかねるようにして、下手をすると相手がまだ話し終えていないのにその語尾におっかぶせるようにして、自分のことを喋り出す。人の話を聞き、それについてじっくり考え、考えたことを言葉にする。お互いに、交替にそれをする。そうしたものが会話であるはずだが、中身のある会話が昨今ますます成立しにくくなっているように感じる。いよいよ忙(せわ)しなくなってきている世相のゆえだろうか。

　本書の執筆中、心理学者ユングの言う「偶然の符合(シンクロニシティ)」のような不思議なことがわたしの身に起きたので、それにひとことだけ触れておく。本書中の「パリ十五区」という章で、わたしは博士論文を書いていた頃の思い出を語った。*André Breton et la topologie du texte*（『アンドレ・ブルトンとテクストのトポロジー』）と題するその論文は、一九八一年秋にパリ第Ⅲ大学に提出され、審査を受けてわたしは文学博士号を取得したのだった。何せ四十年近い昔のことであり、その時期の記憶などもうほとんど磨滅してしまったように思っていたが、この「昔話」を書きはじめるや記憶の細部のいくつかが不意になまなましく甦ってきてたじろいだといった体験も、そこには語られている。さて、「パリ十五区」を書き終え、ひと月ほど経った二〇二〇年二月、このフランス語論文を刊行したいという話が突然舞い込んできたのである。

　ユング流の「偶然の符合(シンクロニシティ)」などとつい言ってしまったが、ブルトンはユングを蛇蝎(だかつ)のように嫌っていたから、ここはむしろブルトンに敬意を表して、「客観的偶然」という彼の言葉を使うべきかもしれない。

フランスの学術出版社の一つエルマン社 Ed. Hermann から〈文学的交換 Echanges littéraires〉という叢書が出ていて、その監修者である比較文学者のエリック・デール教授（リヨン大学）が、わたしのブルトン論をそのままの形で復刻し、この叢書の一冊に加えたいと言ってきたのだ。しかし一九八一年以降のこの四十年、ブルトンやシュルレアリスムをめぐる研究には、少なからぬ進展・深化・発見があったはずで、わたしの論などとっくのとうに時代遅れになっているに相違あるまい。当時二十七歳の日本人の若造が、自分の母語ではない言語を四苦八苦しながら操って辛うじて書き上げた、四十年も昔の論文を、今さら公刊することなどはたして可能なのか。そんなことに意味があるのか。

わたしは半信半疑だったが、刊行計画はゆっくりと、しかし着実に進行していったようで、その年の十月に入るとデールさんとそのスタッフの手になる入稿用の初稿が上がってきた。そのうえでデールさんは全ページを克明に精読し直し、わたしの文章のフランス語表現に改めて入念な磨きをかけてくれた。決定稿はすでにエルマン社の編集部に渡っており、二〇二一年春にはもう本が出るという。わたしとしては正直なところ狐につままれたような気持ちだが、本書の本文で「少々奇矯であったに違いない論文」と言われているものの実態が、これを機会に多少は世に知られるようになるのは、何はともあれ有難い話ではある。

自分の納得の行くところまで徹底的に突き詰めた仕事をやっておけば、それを読み、評価してくれる人がいつかはきっと現われる。それはむろん事実であり真実なのだが、しかしそのいつかの到来までに何と四十年もの歳月が経過したことを思うと、ため息をつかずにはいられない。それとも、わたしの生きているうちにそれが到来したことをむしろ言祝(ことほ)ぐべきなのか。

それにしても文学は時間がかかる、途方もなく時間がかかるとつくづく思う。そこに流れているのは、寸秒を争う情報化社会の時間とはまったく異質な、かぎりなく遅い時間である。そして、「さびしい町々」を旅していたときわたしが身を置いていたのも、そんなひたすらゆるやかな時間の内部であったことは言うまでもない。

連載中は『新潮』編集部の松村正樹さん、同誌編集長の矢野優さん、単行本刊行に当たっては出版部の前田誠一さんにお世話になった。心からお礼を申し上げたい。わたしの「昔話」に辛抱強くお付き合いくださった読者の皆さんにも、また。

松浦寿輝

二〇二一年一月十日

初出　「新潮」二〇一九年一月号〜二〇二〇年八月号

カバー作品　牛嶋直子「the other side (08-02)」, 2008
装幀　新潮社装幀室

松浦寿輝（まつうら・ひさき）

一九五四年東京生まれ。詩人、小説家、東京大学名誉教授。一九八八年、詩集『冬の本』で高見順賞受賞。九五年、評論『エッフェル塔試論』で吉田秀和賞、九六年『折口信夫論』で三島由紀夫賞、二〇〇〇年『知の庭園――19世紀パリの空間装置』で芸術選奨文部大臣賞受賞。同年「花腐し」で芥川賞、〇四年『半島』で読売文学賞、〇五年『あやめ　鰈　ひかがみ』で木山捷平文学賞、〇九年、詩集『吃水都市』で萩原朔太郎賞、一四年、詩集『afterward』で鮎川信夫賞、一五年、評論『明治の表象空間』で毎日芸術賞特別賞、一七年『名誉と恍惚』で谷崎潤一郎賞、一九年『人外』で野間文芸賞を受賞。他の小説作品として、『もののたはむれ』『幽』『巴』『そこでゆっくりと死んでいきたい気持をそそる場所』『川の光』『月岡草飛の謎』、評論・随筆作品として、『口唇論　記号と官能のトポス』『平面論　一八八〇年代西欧』『官能の哲学』『散歩のあいまにこんなことを考えていた』『黄昏客思』など。一九年、日本芸術院賞を受賞。日本芸術院会員。

わたしが行ったさびしい町

2021年2月25日　発行
2022年3月5日　2刷

著者／松浦寿輝

発行者／佐藤隆信
発行所／株式会社新潮社
〒162-8711 東京都新宿区矢来町71
電話　編集部(03)3266-5411
　　　読者係(03)3266-5111
https://www.shinchosha.co.jp

印刷所／錦明印刷株式会社
製本所／大口製本印刷株式会社

ISBN 978-4-10-471704-0 C0093

われもまた天に　古井由吉

自分が何処の何者であるかは、先祖たちに起こった厄災を我身内に負うことではないのか。未完の「遺稿」収録。現代日本文学をはるかに照らす作家、最後の小説集。

ゆらぐ玉の緒　古井由吉

陽炎の立つ中で感じるのも、眠りの内のゆらめきの、余波のようなものか。往還する時間のあわいにひびき渡る永劫。一生を照らす生涯の今を描く、古井文学の集大成。

鐘の渡り　古井由吉

暮らしていた女に死なれたばかりの人と山へ入って、ひきこまれはしないかしら——。三十男の二人旅を描く表題作ほか全八篇。現代最高峰の作家による表現の最先端。

文学の淵を渡る　大江健三郎　古井由吉

私たちは何を読んできたか。どう書いてきたか。半世紀を超えて小説の最前線を走りつづけてきたふたりの作家が語る、文学の過去・現在・未来。集大成となる対話集。

ベージュ　谷川俊太郎

誕生と死。時間。忘却の快感。声の響き——『二十億光年の孤独』以来、つねに第一線にある詩人の豊饒な結実。未収録作＋書き下ろしからなる31篇の最新詩集。

詩人なんて呼ばれて　語り手・詩　谷川俊太郎　聞き手・文　尾崎真理子

18歳でデビュー、今日も第一線であり続ける詩人にロングインタビュー。愛するものから創作の源泉まで——「国民的詩人」の核心と、現代日本詩史の潮流に迫る。

伯爵夫人　蓮實重彦

開戦前夜、帝大入試を間近に控えた二朗の、めくるめく性の冒険。謎めいた伯爵夫人とは何者なのか？　著者22年ぶり、衝撃の本格フィクション。〈三島由紀夫賞受賞〉

随想　蓮實重彦

日本のお家芸と言われた島国根性が世界に蔓延し、はしたなさを露呈しあう時代に、我々が遠ざけるべき喧騒、親しむべき思索と快楽を軽やかに綴る、平成の「徒然草」。

「赤」の誘惑　フィクション論序説　蓮實重彦

漱石、鷗外、ポー、ハメットの名作の中にひそかに生れ、作者を読者を誘ない、火の如く世界を染め上げる魔性の色＝「赤」。徹底考察されたフィクション論の決定版。

不良老人の文学論　筒井康隆

大江、エーコなど世界文学最前線から現代日本の気鋭作家までを縦横に論じ来り、創作裏話を打ち明け、宗教や老いをも論じ去る。巨匠14年ぶりのエッセイ集！

モナドの領域　筒井康隆

バラバラ事件発生かと不穏な気配の漂う町に〈GOD〉が降臨し世界の謎を解き明かしていく。著者自ら「最高傑作にして、おそらくは最後の長篇」という究極の小説！

世界はゴ冗談　筒井康隆

巨匠がさらに戦闘的に、さらに瑞々しく——。老人文学の臨界点「ペニスに命中」、震災とSFの感動的な融合「不在」、爆笑必至の表題作など、異常きわまる傑作集。